Jiu, Kou & Mihailo
「暴君竜の純情」

暴君竜の純情

暴君竜を飼いならせ番外編1

犬飼のの

キャラ文庫

この作品はフィクションです。
実在の人物・団体・事件などにはいっさい関係ありません。

CONTENTS

口絵・本文イラスト／笠井あゆみ

恐竜遊戯

竜泉学院に転校して一ヵ月が経った日の夕方、潤はひとりで食堂に向かっていた。

高等部第二寮の食堂――選べるメニューは少ないが、菜食主義者のための専用食堂で、この学院でもっとも相性がいい場所だ。

「Aセットお願いします。あとプレーンヨーグルトとイチゴジャムください」

トレイをカウンターに出して注文すると、夕食とともにヨーグルトとジャムが出てくる。

乳製品はラクト・ベジタリアンの潤のためだけに用意されているもので、本来この食堂には置いていない食品だ。常備するよう手配したのは可畏だった。

徹底したヴィーガンの竜人に不快な思いをさせないよう、端っこの壁際に座るのがお約束で、ヨーグルトを隠しながら夕食を摂る。

「――ん?」

好物の焼きアボカドを食べていると、不意に気になる単語が耳に入った。

座ったまま振り返り、小柄な少年たちの集団に目を向ける。

下級生らしき彼らは、ゼッケンを手に盛り上がっていた。

「……え、球技……大会?」

急いで夕食を終えた潤は、食堂を出て第一寮の最上階に戻る。

ここ——私立竜泉学院は、恐竜の遺伝子を持つ竜人のための一貫教育校で、肉食系の竜人は第一寮、草食系の竜人は第二寮で暮らしている。通常、人間は入学できない。潤は特例として可畏に無理やり転校させられ、ティラノサウルス・レックスの遺伝子を持つ彼のルームメイトとして、第一寮で暮らしていた。

「可畏っ、球技大会ってどういうことだよ！　俺なんにも聞いてないぜ」

アンティークの調度品が配された部屋を駆け抜けた潤は、掃き出し窓を開けてテラスに出る。

とっぷりと暮れた空の下、可畏はライトアップされたオープンジャグジーに浸かっていた。生餌の美少年——二号、三号と同浴し、周囲には四号から十号までをはべらせている。

いつもこの調子なので、可畏が占有する最上階はハレムと呼ばれていた。

「球技大会？　ああ、明後日だったな」

「ちょっと一号さん、いきなり割り込んできてなんなの？　人間サマにうちの学校行事なんて関係ないでしょ」

「関係なくない。授業は体育までモニター通して見てるだけだしっ、この一ヵ月そんな状態に耐えてきたんだぜ。球技大会があるなら俺も参加したい。もちろんバスケで！」

転校前はバスケ部に所属していた潤は、久しぶりにボールを手にすることを想像し、すでになつかしく感じるボールの大きさや重み、嗅ぎ慣れたにおいに気持ちを奪われていた。

ボールが床を跳ねるときの振動や、シュートの音が恋しくてたまらない。

「そんなに興奮するほどのことか？　突っ立ってないで入ってこい」

生餌と呼んでいる九人の草食系竜人に囲まれながら、可畏は指先をついと動かす。

この場で制服を脱いで一緒に浸かれといっているわけだが、潤は気乗りしなかった。

可畏が二号や三号と同浴しているのは体を洗わせるためであって、性処理はさせていないとわかっているが、過去に全員に手をつけていたことは知っている。

なにより、可畏の体にスポンジをすべらせつつ、得意げに笑う二号や三号に腹が立った。

表情はもちろん、手つきがなまめかしくて気に入らない。

「俺はいい。部屋の風呂に入る」

「ねだりたいことがあるんじゃねえのか？」

「なんだよそれ……一緒に入れば球技大会参加させてくれるわけ？」

「望みを叶えるには力が必要だ。力のない奴は、可愛げを見せるしかねえだろ？」

ジャグジーから見上げてくる可畏は、実際の位置とは無関係に、いつだって上から目線だ。

竜人の中でも最強と謳われる超進化型ティラノサウルス・レックスの遺伝子を持ち、十八歳には見えないほど完成された強靭な肉体と、悪魔的に整った顔を持つ男——竜嵜可畏は、その威圧感と財力によって学院をほしいままにしている。人間のひとりやふたり食ったところで、簡単に揉み消せるだけの力を持っていた。

「いいよ、一緒に入る……可愛げでもなんでも見せてやるよ」

喉まで出かかっていた「もういい」という言葉を呑み込み、思いきりよくブレザーを脱ぐ。ネクタイをシュッと外してシャツを脱ぎ、ベルトに手をかけた。靴下も制服のパンツも勢い任せに脱いで、下着一枚の姿で仁王立ちになる。

可畏はともかく生餌たちに見られるのは嫌だったが、ためらわずに下着も下ろした。

「お前らまでじろじろ見んなよ、ストリップじゃないんだぞ」

嫌な視線を送ってくる二号らを一喝し、豪快に湯を浴びる。

注目されると意識してしまうが、いくら可愛い顔をしていても生餌は全員男だ。どうせ可畏には毎日見られているし、このくらいのこと、銭湯だと思えばなんでもない。

「そこ、どいてもらっていいか？　俺は球技大会に出たいんだ」

ジャグジーに腰まで浸かり、可畏の両脇にいるふたりをにらみ据える。

二号も三号も今にも舌打ちしそうな顔だったが、序列に従って場所をゆずった。

二号以下の生餌たちはあくまでも餌兼世話係で、潤はその上に位置する愛妾だ。

愛妾だけが可畏と同じ部屋で暮らし、号数ではなく名前で呼ばれて可愛がられる。

短期間で飽きられて捨てられることが多く、入れ替わりが激しい立場だと揶揄されてはいるものの、現時点では格差があった。

「スポンジもらうよ。あとは俺がやるから上がったら？」

二号に向かって手を伸ばし、あえて冷たくいってみる。

普段は嫌がらせを受けても黙っているが、今は反撃したい気分だった。

忌々しげな顔でスポンジを渡してきた二号は、三号とともに湯から上がる。

「明後日の球技大会、普通に出てみたいんだ。俺にだって所属クラスはあるわけだし。実際にプレイできなくてもいい……ベンチ要員でもいいから、そういう空気に触れてみたい」

「お前にとってはクソつまんねえ大会だぞ。それでも出たけりゃ好きにしろ」

「つまんないって、竜人より弱いからか？　そりゃまあ、筋力とか全然違うんだろうし、俺が入ったら負けるかもしれないけど……せめて練習とか応援だけでもしてみたい」

「勝ち負けの問題じゃない。俺は興味ねえが、対戦競技に打ち込む連中は真剣勝負をするのがたのしいもんなんだろ？　だとしたら、お前はまずたのしめない」

「誰も真剣にやらないってことか？　出場したら手を抜かれるとか、無視されるとか？」

自分が出た場合のことを具体的に想像しながら、海綿スポンジを握る。

じゅわっと手のひらに吸いつくそれを、可畏の肌に押し当てた。

「この学院は、竜人が人間社会で生きる術を学ぶ場だ。卒業後は普通の会社に勤める奴もいる。そこでもし、人間とともにスポーツに興じる状況になったとして――トップアスリートに匹敵する力や、人間離れした力を出したらまずいことになる」

「――う、うん……それは確かにまずいかも」

「日々の体育の授業は、竜人の力を抑制して平均的な人間を装う訓練。球技大会や体育祭は、その成果を試す場だ。勝敗は複数の審判の判定で決まり、従来のゲームの得点とは関係なく、より人間らしく振る舞ったほうが勝ちになる。それに、お前が交ざったところでボールは回ってこない。怪我でもさせたら事だからな」

「す、すっごく……つまんなさそう」

「参加する気がなくなったか？」

フッと笑う可畏の言葉に、潤は複雑な気分になる。

確かに面白味を感じられない大会だが、可畏は「出たけりゃ好きにしろ」といったのだ。自分の愛妾が一般生徒と接触することを好まない可畏から、せっかく許可をもらって言質を取ったのだし、可畏の思惑通りあきらめるのはもったいない。

「あのさ、バスケは身体能力が大きくかかわるから手加減必至なんだろうけど、人間対竜人が真剣勝負できる対戦競技だってあるだろ？　明後日の大会にそういう種目はないのか？」

「――ない。対戦競技の興奮の中で、力を抑えつつ自然に振る舞うことが目的だからだ」

「それはわかるけど、将来的に人間に上手くまぎれたいなら、人間と本気でやり合える競技に触れておいてもいいんじゃないか？　筋力や動体視力が特に優れてなくても、技術さえあれば老若男女の区別なくいい勝負ができそうなものとかさ。球技だとなんだろ？　ボウリングとかゴルフ、ビリヤードあたり？　いや、どれも学校じゃむずかしいか……」

「なぜそうまでしてやりたがるんだ？」

怪訝（けげん）な顔をする可畏の胸にスポンジを当てながら、答えに詰まる。

体を動かしたいとかたのしみたいという衝動が自然に起きるからやるのであって、改まった理由なんてなかった。

さてどう説明しようかと首をかしげると、伸ばした側の首筋に可畏の顔が迫ってくる。頸動脈（けいどうみゃく）にチュッ……と唇を寄せられた。

可畏の分厚い肩越しに、二号らの姿が見える。

ピンクや白のミニ丈のバスローブを着た美少年が九人――偶然にも、ピンク四人と白五人が交互に並び、うらめしい表情でこちらをにらみ下ろしていた。


ハッピーマンデー制度はどこへやら、球技大会は旧体育の日、十月十日に開催された。

潤のひらめきによって急遽（きゅうきょ）一種目追加され、可畏の側近たちは意気込んでいる。

「あーやだやだ、信じらんない！　なんで僕がゲートボールなんて！」

「いつまでもガタガタいうなよ、もう決まったことだろ。ほら、さっさと先後決めるぞ」

側近のヴェロキラプトル竜人四人が前日から張りきって準備をしてくれたのに対し、生餌は全員不機嫌だ。特に二号は露骨で、ずっと文句ばかりいっている。

純然たる人間でありながら草食系竜人用の青いジャージを着た潤は、敵チームの一番打者、二号の前でコインを投げた。

　ここは広大な校庭のど真ん中に作られたゲートボール用コートだ。全体は二十五メートルのプールと同じくらいで、アウトサイドラインとインサイドラインが引かれている。

　周囲には移動式の大型観戦席が設置され、大勢の生徒に四方を囲まれていた。

　正面の最上段は制服姿の可畏と生餌四人が占拠し、まるで御前試合といった雰囲気だ。

「そっちが先攻で赤組、こっちは後攻で白組だ」

　コインの裏表で先後を決めた結果、生餌二号から六号までの五名——草食恐竜遺伝子を持つ小柄な美少年集団が、赤いゼッケンをつけることになった。

　白組の後攻チームは、肉食恐竜ヴェロキラプトル竜人四名と、人間の潤で構成されている。ひかえ選手も監督もなしの参加者十名、全員が高等部の三年生だ。

「ゲートボールなんてジジババがやるもんでしょ、マジあり得ないからっ」

「それは偏見だっていってるだろ。小学生だってやってるし、幅広い年齢層に親しまれてるゲームなんだぜ。なんたってパワー重視じゃないから、お前も俺もフェアに戦える」

「こんなことで勝っても意味ないし。日焼けしたらどうしてくれんの？」

「日焼け止めコッテリ塗ってんだろ？　いつも俺のことムカつくムカつくっていってんだから、こういうときこそ本気出して負かしてみろよ」

「いわれなくてもそのつもりだよ。ちゃんとルールは勉強したんだから！」

赤いゼッケンをつけてスティックを握った二号は、ルールブックを取りだして印籠のように見せつけてくる。

昨日、辻らが買ってきて全員に配布したルールブックに、きちんと目を通したようだった。

ウサギやパンダ、キリンなどのファンシーな付箋が何枚もついている。

「へぇーやる気あるじゃん。俺を含めてゲートボール経験者はひとりもいないし、条件は同じ。勝利チームは可畏と一緒にヘリで横浜港に向かって、豪華エステつきスパクルーズ……って、この特典、絶対お前の案だろ？」

「まあね、今日の日焼けをエステで解消する予定だから」

「だったらますます真剣にやれよ、いいな？」

「やるってば！　でも可畏様のことだからどっちにしろ一号さん同伴でしょ。ずるくない？」

「仮にそうだとしても、勝って大手を振って行くのと負けて引きずって行かれるのは全然違うんだよ。というわけで、日ごろの鬱憤を今日こそ晴らさせてもらうからな」

「それはこっちの台詞ですぅ」

唇をとがらせた二号は、スティックと持ち玉を手にスタートエリアに向かう。

その途端、割れんばかりの歓声がわいた。大層な美少年なので人気がある。

二号は声援に応えて胸を張り、いったん用具を足下に置いた。

特等席の可畏に向かって、両手でオーバーな投げキスを送る。

そのあと四方を向き、自信満々で手を振ってみせた。

「二号、行きまーす！」

　ゲートボールは組と打順によって持ち玉が決まっていて、先攻の一番打者の二号が打つのは、1と書かれた赤い玉だ。

　試合中は他人の玉に自分の玉をぶつけるタッチを行い、アタック権を得て味方の玉を有利な場所に寄せたり敵の玉をアウトボールにしたりできるが、基本的には打順通りにスティックで持ち玉を打ち、三つあるゲートを決まった方向から通過させる。

最後にコート中央のゴールポールに玉をぶつけて、あがりになる。

緊張の中、二号はハンマーの形をしたスティックを振り、第一ゲート通過を狙った。

このゲートを通過しなければ試合に参加することができないため、一打目は特に大切だ。

もし潜れなければ玉はコートから取り除かれ、ふたたびスタートエリアに戻される。

打ち直せるのは次に打順が回ってきたとき……つまり九人待ちということだ。

「あ、あ――っ！」

二号が打った球は見事に第一ゲートを潜ったが、しかし力が強すぎた。

観客のどよめきの中、玉はぐんぐん進んでインサイドラインを越えてしまう。それどころか、さらに一メートル先にあるアウトサイドラインも越え、観客席まで転がっていった。

第一ゲートの通過成立には条件があり、他のゲート通過時とは違って、インサイドラインを越えてはいけないのだ。

「はい通過不成立、順番待ってやり直しな」

「……っ、なにこれ！　軽く打ったのに……超軽く打ったのにぃ！」

「草食とはいえ恐竜だもんな、やっぱ力強すぎんだよ。普通あそこまで行かないだろ」

キーキーと悔しがる二号をよそに、潤はスタートエリアに白の1の玉を置く。

第一ゲートを通過させ、なおかつ第二ゲート通過を狙いやすい位置に止めることまで考えて、スティックを軽く振った。

玉の中央に、スティックのフェイスと呼ばれる部分を正確に打ちつけ、見事に第一ゲートを通過させる。

二号のように強すぎることはなく、狙い通りの位置で止めることができた。

「おおーっ！　ナイスショット！　さすが潤様、素晴らしぃ！」

「どうも……。頼むから接待ゴルフみたいなほめ方やめて……」

背後に立つ同チームの四人の拍手を受け、苦笑しながらコートに入る。

ゲートを通過した場合は続けて打てるので、第二ゲート通過を目指して打った。

残念ながら惜しいところで止まり、打権は次の打者に移る。

赤組の二番打者の生餌三号が、間髪いれずにスティックを構えた。

実のところゲートボールはなかなかに忙しく、試合時間は三十分、打権発生から十秒以内に打つなどの決まりがあるため、ゴルフほど一打一打を大切にして構え直す余裕はない。

「あー……もったいない。あとちょっとなのに」

三号が打ったあと、潤は思わずつぶやいた。

二号から「軽く軽く！」といわれすぎたせいか、三号の玉はゲート手前で止まってしまう。

これも不成立となり、玉をコートから取り除いてスタートエリアからやり直しになった。

そして白組二番打者の辻は、ゲートを潜っても強すぎてインサイドラインを越え、次の赤組三番打者の生餌四号は、ゲートに激しくぶつけて通過不成立になる。

十人全員が打った時点で、コート内に持ち玉を置けたのは潤ひとりだけだった。

――ダ、ダメだコイツら……いくらなんでも下手すぎだろ！

コートにぽつんと玉が一つ。まるで試合にならない状況に頭をかかえたくなる。

さらに下手なプレイは続き、一巡してふたたび打った二号は、力加減こそ悪くなかったものの、ゲートに当たりもしないほど軌道を外してしまった。

「あああぁぁ――っ」

その途端、会場は落胆の声に包まれる。

普段は強気な二号もさすがに応えたようで、スティックを手に呆然と立ちつくしていた。

「だ、大丈夫……止まった位置はよかったし、今の感じでいけば次は通過できるって」

「同情は結構っ、さっさと打ちなよ！」

赤玉を回収しにきた二号ににらまれ、コートに出ていた持ち玉を打つ。

コンッと小気味よい音を立てた白い玉は、難なく第二ゲートを通過した。

わき起こる歓声の中、潤はポイントを得て、続きの一打で第三ゲート近くまで進む。

——このまま順調にゴールすればいいってもんじゃないんだよな。タッチとかアタックとか駆け引きとかいろいろして……って、このレベルじゃ無理か……持ち玉踏んで弾くやつ、せっかく練習したのに……。

スタートエリアで三号が二打目を打ったが、ゲートにぶつかり不通過だった。

その後は潤と同じチームのヴェロキラプトル竜人のみが玉を進める。

第一ゲートを通過しないことには試合にならないので、潤は味方オンリーという状況の中で黙々と第三ゲートを通過し、ゴールポールに玉を当てて最初にあがった。

——あー……可畏が笑ってる……すごい、あきれた顔で……。

特等席に視線を向けると、滑稽な試合をあざ笑う可畏と目があった。

あきれられて当然の内容だったので、どんな顔をされても腹は立たない。

むしろよく席を立たずにいてくれるものだとおどろかされ、感心も感謝もしていた。

わざわざ用具やコートをそろえて試合をさせてもらったのに、つまらないものを見せて申し訳ない気持ちもある。

「潤様、すごい拍手ですね。やはり運動神経の優れた方はなにをされても素晴らしい」

「いや……まあ、人間に合わせたスポーツだし……無理して力を抜かなくていい分、俺は有利だったのかも」

生徒会長の愛妾として転校してきた潤に対し、観客席にいた一般生徒が盛大な拍手を送る。

結局茶番みたいになったな……と思いつつも、スタートエリアから進めずに悔しがっている二号らの表情を見ると、それなりにいい気分だった。彼らの悔しさは本気で勝とうとした結果生じたものであり、そういう意気に触れるだけでたのしい。

「みんなでまたやろうぜ。次はまともな試合にできるよう、しっかり練習してからな」

スティックを握ったまま二号の肩をポンと叩き、あえて皮肉っぽく笑ってみせる。挑むような目つきで、「テニスだったら負けないんだからっ」と返された。

テニスで本気を出されたら、人間の自分は竜人の二号に敵わないのだろうが、ドヤ顔で弾丸サーブを打ち込んでくる二号に翻弄されるのも、それはそれでたのしい気がした。

球技大会の夜、潤は可畏とともに遊覧飛行を堪能する。

同じチームの辻ら四人も同行するはずだったが、「お邪魔してはいけないので」と遠慮した彼らは第一寮に残り、結局可畏とふたりきりで学院の屋上から飛び立った。

空から夜景を見下ろしつつ、横浜港付近を航行中の大型船舶にヘリコプターで乗りつける。

ライトアップされたベイブリッジや海を眺めながらエステティシャンに囲まれ、美白目的のビタミン導入エステやボディマッサージを受けた。

「うーん……二号……っていうか、ユキナリだっけ？　アイツが受けたかったやつを全部俺が受けることになってるし……美白コースとかなんだよそれって感じ。複雑なこのキモチ」

「べつにいいだろ、お前の白い肌は嫌いじゃねえ」

「そりゃどうも……まあ、気持ちよかったからいいんだけどさ。まさか足の指まで揉まれると思わなかった。くすぐったいし、なんか緊張しちゃうし」

「俎上の鯉を見るのは愉快だったぞ、ときどきビクビク跳ねてるあたりが」

「そうやって見られるから余計緊張したんだよ」

甲板の一角に作られたスパに浸かりながら、ジャグジーに浮かぶ花びらをつまむ。

エステティシャンが全員立ち去ったので、ここにいるのは血色がよくなった自分と、普段となにも変わらない可畏だけだ。他には空と海と、宝石箱をひっくり返したような景色があり、余計なものはなにも見えない。

「ヘリから夜景眺めて、豪華クルーザーで綺麗な女の人にマッサージしてもらって、仕上げは薔薇の花びら浮かべたシャンパン風呂か……で、このあとは？」

「部屋を取ってある。寮に帰るのは明日の昼でいい」

「ふーん、バブル期の夜遊びってこんな感じ？」

「さあな、俺はまだ生まれてない」

「そんなのわかってるよ、同級生じゃん」

笑いながら天を仰ぎ、空の高さを確かめるように手を伸ばす。

ヘリや船やエステなど、最初は慣れない状況に戸惑ったが、可畏とふたりきりになった今は緊張がほぐれている。それくらい、可畏と一緒にいるのが普通になっていた。

「今日はありがとな、球技大会……参加できてよかった」

「あんなひどい試合でもか？」

「うん、ほんとひどかったよな……けど誰も手ぇ抜いてなかったからたのしかった。ちゃんと練習すれば普通に試合できると思うし、またやってみたいな」

生徒会役員によるゲートボール・スペシャルマッチを思いだすと、つい笑ってしまう。

寮のジャグジーよりは小さい浴槽の中で、求められるまま可畏の足を跨いだ。

「ほんとは戦略や戦術が必要で、奥の深いゲームなんだぜ。ひとりでさっさとあがればいいってもんじゃなくて、次の打者と連携するとか、チームワークも必要になるんだ」

「詳しいな、経験者だったのか？」

「いや、祖父さんがやってたから話だけ聞いてた。俺の祖父さん日本人と結婚するほど日本が好きなアメリカ人でさ、金髪なのに和服着てて、日本文化に興味を持ってたんだ」

「祖父が金髪だから、こんな色になったのか」

可畏に髪をいじられ、「こんなってなんだよ」といじり返す。

自分の髪と比べると真っ黒でコシが強い。体はもちろん、髪まで力強い印象だ。

「球技大会、いつも観戦だけ？」

「いや、観戦すらしない。面白くもなんともねえからな」

「今日もつまんなかっただろ？」

「そうでもなかった。あそこまでひどい試合だと、逆に笑える」

「そういえば笑ってたな」

お互いの髪をいじりながら顔を近づけ、阿吽の呼吸で唇をついばむ。

ほんの一瞬触れ合い、離れては見つめ合って……甘い接触を何度もくり返した。

チュッ、チュッ……と音を立てているうちに濃いキスが欲しくなるのは、いつものことだ。

こういうときはちゃんと、恋人同士のようにすごせる。

「ほんとにたのしかった。用具もそろえてもらったし、またやっていい？」

濡れた可畏の髪を指で梳き、色っぽい手つきになるよう意識して首筋をなでた。

無理はしていない。ただ自分のしたいようにしているだけだ。

額と額をこつんと当てると、可畏の口角が上がる。

「ねだるのが上手くなったな」

「……そう？　ほんとにねだりたいことは、口にしてないんだけどな」

お前と一緒にやりたいんだよ──目で訴えてみたものの、反応はなかった。

たぶんわかっているると思うが無視される。

俺がお前とやりたいのはそんなことじゃない──といわんばかりに、腰や尻に触れられた。

「──ん、ぅ……っ」

薔薇の花びらが張りついた体を重ね、濃密なキスをする。

自分にとっても、これはこれで可畏とやりたいことになっていた。

少し前まではつらかった行為が、次第に当たり前になり、好んでしたいことにまでなって、この先どうなるのだろう。自分はどうなってしまうのだろう。

「潤……」

唇がいったん離れ、普段よりも艶を帯びた声で呼ばれた。

可畏が側近や生餌たちを個人名では呼ばないことをいささか不快に思っていたはずなのに、自分だけ名前を呼ばれるとうれしくなってしまう。少なくとも今は、自分だけが特別だ。

愛妾であれなんであれ、可畏の一番なのは悪くない。

「──俺の名前……もっと呼んで……」

「要求が多いな。そんな火照った顔をして、名前を呼べとか試合に出せとか」

「ん……シャンパン風呂で酔ったのかも……さらにもっと要求しちゃうかもしれないぜ」

可畏のうなじを逆なでしつつ、キスで濡れた唇を舐める。

あえて誘うようにほほ笑んでから、可畏の耳たぶをかぷりと食んだ。

「本気で酔ってるのか？」

「うん……」

兆し始めた体を重ね、トクトクと脈打つ欲望を隠さずさらす。

本当は酔ってなどいないけれど、そういうことにしておきたかった。

たとえ気まぐれでもたのしい時間を与えてくれた可畏を、よろこばせたくてたまらない。

「——可畏……部屋に行こう……」

これは自分のよろこびでもあり、欲求でもある。

期間限定の愛妾……飽きられたら捨てられて、恐竜に食い殺される運命——いくら周囲からそういわれても、今はふたりで一緒にいる。それが事実であって、先のことは架空の話だ。

「潤……」

艶っぽく名前を呼ぶ可畏の唇に、触れていいのはこの唇だけ……漆黒と真紅から成る瞳には、確かに自分が映っていた。

卵泥棒を飼いならせ

私の主は暴君竜——超進化型ティラノサウルス・レックスの遺伝子を持つ竜人で、この竜泉学院の中高部生徒会長だ。日本有数の企業グループの跡取りでもある。

名は竜嵜可畏。両親ともにT・レックス竜人という、超のつくサラブレッドだ。

私と同じ高等部三年生だが、とてもそうは見えない貫禄と完璧な肉体を誇っている。

身長一九〇センチの均整の取れた骨格、研ぎすまされた鎧のような筋肉は、恐竜化した際の威容を彷彿とさせた。万人の目を惹きつける整った顔立ちと、アメリカ人の御尊父様ゆずりの浅黒い肌と漆黒の髪。鮮血色のまだらが入った、力強く美しい黒瞳——。

可畏様はまさしく、最高にして最強の雄だ。私の自慢の主。竜王の中の竜王。側近に選ばれたことは私の誇りであり、気まぐれに八つ裂きにされたとしても、後悔など決してしない。

「嫌だ……やめてくれ、辻さん！」

可畏様の御愛妾から辻さんと呼ばれる私は、小型肉食恐竜——俊敏なことで有名な、ヴェロキラプトルの遺伝子を持つ竜人だ。オヴィラプトルを卵泥棒とする古い学説はくつがえされ、今やヴェロキラプトルこそが真の卵泥棒と呼ばれている。

主の命令とあらば、私はどんなに残酷なことでも冷静に遂行できた。今も命じられた通り淡々と、同じヴェロキラプトル竜人の佐木や林田や谷口とともに、御愛妾を全裸にむく。

仰向けにベッドに押しつけ、夏仕様の青いシーツの上で四肢を広げさせた。

そして私が代表して……白く細い足首に、合皮製のSM用拘束具をはめる。

「辻さん、他の人たちも……もうやめてくれ！　可畏っ、命令を取り消してくれ！」

可畏様の新しい御愛妾はベジタリアンの人間で、名を沢木潤という。

白人の祖父を持ち、日本人離れした飴色の髪と琥珀色の目が印象的な美少年だ。

肉食竜人にとって人間は餌にすぎず、彼をしいたげる行為は別段なんでもないことなのだが、人としての名前を呼ばれながら哀願されると……なんともいえない息苦しさを感じた。

「可畏……いい加減にしてくれ！　もうしないっていってるだろっ！　たまにでいいから携帯使わせてくれって頼んでるのにダメだっていうしっ、寮監電話も使わせてくれないし、しかたなかったんだ！」

潤様は私をうらめしそうににらんでから、ベッドの横でくつろぐ可畏様に歯をむいた。

こんな命知らずな御愛妾は初めてで、見ているこっちがひやひやとさせられる。

「しばらくおとなしくしてたと思ったら、俺の寝首をかくとはいい度胸だ」

「それほど大袈裟なことじゃない！　そりゃ他人の携帯勝手に使うのはものすごく悪いよっ、そんなことわかってるけど、誘拐監禁レイプまでするお前にそれくらいでとやかくいわれたくないし！　突然転校したり全寮制の学校入ったりして、ただでさえあやしまれてんだよ。それにうちは母子家庭で男は俺だけだし、お互いなにかと心配で……！」

潤様は叫びながら暴れたが、私は足枷のチェーンを引っ張った。

末端を天蓋ベッドの支柱にくくりつける。

フックは高い位置にあり、潤様は全裸で仰向けのまま、腰も背中も浮いた恰好になった。

目のやり場に困るくらいなにもかも丸見えだ。

「放せよ！　こんな恰好、嫌だ！　一応……一応謝るから放せっ！」

「いい様だな、男をくわえ込むのが大好きなケツ穴をコイツらに見せてやれ」

「はあっ⁉　なんだよそれ……誰でもくわえ込んでるみたいないい方すんな。お前としかやってないし、それだって好きでやってるわけじゃ……」

「いつもよがってんだろうが」

「うあぁ！」

可畏様は潤様の髪をわしづかみにして、浮いていた頭をマットに沈めさせた。

可畏様の暴力には理由がないこともあるが、今夜は違う。

事の発端は携帯電話だった。

転校九日目の今日、どうしても家に連絡を入れたかった潤様は、ベッドの上に置かれていた携帯の指紋認証ロックを解除しようと、眠っている可畏様の親指を使ったのだ。それは上手くいったものの、実家の番号を入力している途中で見つかり、今に至っている。

私には潤様の行動が信じられなかった。

おそれ知らずで打たれ強いが、そのくせ脱走をくわだてる気配はなく、観念しているようでしていない。実に奇妙な人間だ。

交通事故で死にかけた際に可畏様の血を輸血されて驚異的な治癒力を得たが、普通の人間と同じように痛覚はある。にもかかわらず怪我が治るとけろりとして、まるで何事もなかったかのように可畏様や我々に笑いかけてくる。

今の生活を、文句をいいつつも受け入れているというか……達観しているというか、潤様のそれは、これまでの御愛妾が見せた諦念とは違うように感じられた。精神的にボロボロになってすべてをあきらめているわけではなく、実は鷹揚に構えていて、しぶしぶと可畏様の行為を受け入れ、許している気がするのだ。

竜人よりも生物的に劣る弱者でありながら、耐えるというより許しているように見えるのが、はなはだ不思議でならなかった。

「や、あ……っ、やめろ……！」

両腕を押さえられた潤様は、足首を吊られた体勢のまま愛撫を受ける。

足側にいた私と佐木は少しばかり下がって、おふたりの情交を見守る体勢を取った。

可畏様は交わりを人目にさらすことに快感を覚えるタイプではないが、愛妾のしつけとして大勢の前で犯すことがある。

「ん、う、ぁ……っ」

白い肌を彩る桜色の乳首が、雄々しい指で弾かれた。

存在感の薄いそれは、触れられるとすぐに主張し始める。

男の胸にあるものとは思えないほどふくらみ、先端がぴんと勃った。

「おい、さわってないほうまで反応してるぞ」

「——っ、裸にされて、寒いからだ」

「そうじゃない。お前はパブロフの犬と同じように、俺の目に肌をさらすだけで発情する。そういう条件反射を身につけたんだ」

「ち、が……あ、ぁ……！」

くりっと曲げてこねられる乳首と連動して、もう片方も反応する。

桜色から薄桃色に色づいたそれは、思わず触れたくなるほどつんととがっていた。

しこって硬そうに見えるが実際にはやわらかく、それでいてコリコリとした感触のはずだ。

「ふあ、ぁ……ぅ」

許されるものなら触れたい。ただ触れるのではなく、こういう声を上げさせたい。

乳首を親指と中指でつまんで、小さな孔のある先端を人差し指の腹でこすりたい。

「ん、んぁ……ぁ、可畏……」

潤様の媚態を前に、私は自分の腿に当てていた手を、つい動かしてしまった。

親指と中指で制服の黒いパンツをつまみ、人差し指で無意味に生地をなでる。

サリッと音がした。もの足りない、これじゃない。

可畏様が今触れているやわらかいものに触れたい。

指の腹でなでさすったあとは、爪を立ててカリカリと引っかくように弾きたい。

「ふあ、ぁ……や、ぁ……！」

感度のよい体を持つ潤様は、全身をふるわせながら身悶えた。

かすれた甘い声と官能的な吐息に、心拍数が上がってしまう。

この乳首をさわってこねて、舐めて、かじって、潤様を達かせてみたい。

「嫌、だ……もう、苦し、ぃ……」

「媚薬を持ってこい」

潤様の胸をさんざんいじり回した可畏様は、私にそう命じた。

仕置きならばいきなり挿入して血まみれにするのが自然なのに、確かに媚薬を所望される。

「承知致しました」

この場合の媚薬とは、潤滑剤の役割をするクリーム状のものだ。

与えられた命令に内心胸をなで下ろし、ひきだしに保管されている媚薬を取りにいった。

ホッとするのもおかしな話だが、なぜだかあまり見たくないのだ……潤様が激痛に泣き叫ぶ姿も、我々のことを憎悪するようににらむ姿も、見たくない。怪我が治れば普通に話しかけてくる人だと知っているが、いつ限界が訪れるかと思うと不安でならない。

繊細な姿を裏切るしぶとさを、いつまでも保っていてほしかった。

笑顔が消えて、うらみ顔で固定されてしまうのは嫌だ。

もちろんすべては可畏様が決めることだが、私個人の勝手な願望としては……潤様にだけは、あまり乱暴なことをしないでほしい。

「可畏……っ、嫌だ……辻さんたちを下がらせてくれ！」

「それじゃしつけにならねえだろ」

「お前以外には……見せたくない……」

「おねだりが上手くなったな。だが猿芝居だ」

「――っ、そうかな、俺、わりと本気でいってるぜ」

犯されること自体はくつがえせないと知っている潤様は、乳首をつままれて痛がりながらも気丈な目をする。

おふたりの間で、視線が火花を散らしてバチバチと音を立てているようだった。

可畏様は、最近どうも余裕がない。必死感があり、今も無理をしているのがわかる。

おそらく本心では潤様の要求を呑んで、我々を下げたがっている。足枷も外してやりたいと思っているかもしれない。でもそれは主義に反するからと、当初の予定通り実行しようとしている。以前の可畏様の言動には迷いがなかったが、今はときどきこうして迷いを感じた。

「足のベルト、外せよっ、痛いししびれてきた。たぶん赤くなってる。食い込んで痛いんだ」

「すり切れようと皮膚がめくれようと、どうせすぐ治る体だ。足がもげるわけじゃねえ」

「治ればいいってもんじゃないだろ⁉　今この瞬間の問題なんだよっ、足首に体重かかってて
すげぇ痛い！　お前も同じ目に遭えばわかる！」

V字に吊られた足を揺らした潤様は、天蓋や支柱をギシギシと鳴らす。

音を立てることによる抗議だったが、足首の痛みに負けてすぐおとなしくなった。

しん、とベッドルームが静まり返り、洟をすする音だけが聞こえてくる。

目尻からはいかにもおいしそうな涙がこぼれ、シーツに染みた。

濡れた部分が、鮮やかな青から紺色に変わる。

「なんだ、もう降参か？」

「……痛いんだよ」

涙の膜でおおわれた瞳は、痛みによる怒りと憎しみに満ちていた。

今夜もいつも通り……事が済んで傷が治り、痛みが消えたら笑ってくれるだろうか。

潤様が元に戻るかどうか、ひどく心配だった。胸が苦しく、鼓動がうるさい。

「それをよこせ」

愉悦の微笑を浮かべていた可畏様は、白い足の間に移動した。

私はアルミ製のピルケースの蓋を外し、媚薬を可畏様の手元に差しだす。

クリームの中に埋め込まれた指は、やけに深く入り込んだ。ケースの底まで届くほどだ。

「ふあ、あぁ……！」

以前よりもたっぷりとクリームをまとった浅黒い指が、可憐な後孔に触れる。

そこは素晴らしく綺麗な色で、塗りつけられた白いクリームとの相性がとてもいい。

おいしそうな……本当に、よだれが出そうなほどおいしそうな肉の孔に、可畏様の指がヌプヌプと入っていく。

「あ、く……ぅ」

第二関節まで埋まると、薄桃色のふちがすぼまった。まるで指を呑み込むような動きだ。

実際に可畏様の指は根元まで呑み込まれ、他の指を挿入できないくらい深く吸われている。

「相変わらずの名器だな。お前のココはどう見ても性器だ。突っ込まれるのがたまらなく好きで、一度くわえ込んだら放さない」

「──う、あぁ……っ」

最奥に誘い込むような肉孔から、可畏様は指を少しずつ引き抜いていく。

ズプププッ……と、卑猥な音がした。

吊られている足の先が痙攣し、小さな尻が小刻みにふるえている。

「そういうお前こそ……俺に突っ込むのが、たまらなく好きで、どうせもう、パンツん中ビンビンにオッ勃ててんだろ……！　お前はなんだかんだいったって、俺のことが大好きなんだ。バレバレなんだよ！」

可畏様が股間をたかぶらせていることくらい、見なくてもわかる――とばかりにいい放った潤様は、浮かせていた後頭部を自らシーツに埋めた。

腰から下の力を抜き、細く呼吸する。

抵抗するのをあきらめて、本格的に泣きそうな顔だった。強気な言葉とは裏腹に、可畏様の言動に落胆しているのがわかる。

「そうだな、お前の価値は認めてる。良質な血と俺好みの顔と体……なにより、最高に具合のいい穴の持ち主だからな」

「ひ……あ――ッ」

可畏様は容赦なく三本もの指を突き刺し、クリームまみれの肉孔を拡げた。

ますます卑猥で粘質な音を、私は可畏様の隣で聴く。後孔の状態もよく見えた。

潤様は「見るな……っ」と悲痛な声を振り絞り、私はその望み通り目をおおいたくなる。

しかし潤様に従うわけにはいかない。

それに私の本能は、もっと近くで見たがっていた。

「く、ぁ……あ！」

宙に浮いてふるえる双丘の間で、浅黒い指がズチュズチュと動く。

内向きにすぼまっていた桃色のふちは、指を抜かれるときにはめくられた。

腫れた肉がひどく淫靡だ。溶けたクリームが孔からこぼれ、白い谷間の陰に流れ込む。

「は、あ……ん、ぅ……！」

潤様の声と表情が、瞬く間に色を帯びた。

とろんと甘やかになるこの変化は、粘膜に塗り込まれた媚薬のせいかもしれない。

腰をくねるようにして可畏様の指淫から逃げたり、腰を揺らしたり、潤様自身もどうなっているのかよくわかっていない様子だった。

「あ、く……ふ、ぁ」

「どうした、腰が動いてるぞ。俺の指が奥を突くまでもなく、自分で誘い込んでくるこの穴はなんなんだ？」

「や……あ、そこ……そこは、やだ……」

「そこをもっといじってください──だろ？」

「はうぅ、ん──ッ！」

絶頂を迎える寸前、可畏様は手の動きを止めた。

まるで生殺しだ。潤様にとっても、我々にとってもつらい。

「……う、ぅ……可畏……っ」

「どうしようもない淫乱だな。指でも棒でも、突っ込んでもらえりゃなんでもいいんだろ？」

「──違う……っ」

ぐらぐらと動く下半身から、徐々に性臭が漂ってきた。

可畏様は挿入していた三本の指を踊らせ、媚肉を拡げる。

そこから続く内臓の色が、ちらりと見えた。

ああ……食べたい。本能がうずく。

穴の先にある臓腑を、むしゃむしゃと食べたくてたまらない。

肉食動物は草食動物の内臓を食らうことで、消化過程にある植物を摂る。

そうして栄養バランスを保つ以上——肉食竜人の私がベジタリアンの内臓を欲するのは至極自然なことだ。可畏様が好き放題にいじっている孔の先には、確実にうまい内臓がある。

いきなり食べるのではなく、まずは存分に犯したい。制服のパンツの中で張り詰めるものを潤様の孔にずっぷりと挿し、過敏な性器のすべてでもって肉感を堪能したい。

潤様の中はどのくらい熱いのだろうか……クリームの溶け具合からして、きっとものすごく熱くて心地いいに違いない。

潤様のそこが私の性器を食らい、すぐに達してしまいそうなくらいきつく絡みついてくる。まるで手淫のようにきつくしまり、口淫のように貪欲に私の精液を吸引して、ゴクゴクと飲み干してくれる——そんな夢想を見た。

「あ……ぁ、可畏……そこ、もっと……！」

「雑魚どもが生唾を飲んでお前を見てるぞ。浅ましくひくつくケツ穴も、だらだらとよだれを垂らすゆるいコックも、全部丸見えだ」

「や、だ……見ない、で……くれ」

可畏様の指は緩急をつけながら、真っ赤に充血した後孔を犯し続ける。

どんなに妄想したところで、私には触れることのできない体だ。

手足を押さえたり裸を見たりがせいぜいで……その小さな孔は、近くて遠い。舐めることも触れることもできない。

「今日はおもらしがひどいな」

「……び、媚薬……の……せ」

「違うな、見られて感じてるんだ」

あざ笑う可畏様の言葉通り、淡い色の性器からは絶えずしずくが散っている。

最初は透明だったが、今は半透明だ。

白い肌に散るとろみのあるしずく……ひと舐めでいい、舐めさせてほしい。

せめて、せめてとばかり、においを嗅いで我慢する。

スンッと鼻を鳴らしたりしないよう注意しながら、ひそかにそっと性臭を吸い込んだ。

ああ、なんていい香りだろう。股間がますますたぎり、口内が唾液で満ちていく。

かえって苦しくなるとわかっていても、このにおいを嗅がずにはいられない。食欲と性欲を刺激する——最高の香りだ。

「……も、達きた……ぃ……っ、れて……」

媚薬の効果もあってか、潤様はものほしげに求める。

ほとんど声にならない声で、「可畏……っ」と、何度も名前を呼んだ。

もはや潤様の目に我々の存在は映っていない。

その身に可畏様の怒張を迎え、気持ちよくなることしか考えていない目をしている。

暴君竜に相応(ふさわ)しい性器は戦慄を覚えるほど威圧的で、隆々とした太い血管が浮き上がる肉の凶器だ。

今まさにそれが取りだされ、潤様の細い体をうがとうとしている。

「ひう、っ……」

三本の指をすべて抜かれた後孔は、溶けたクリームをしたたらせながら巨大な雄を食む。

亀頭が赤い肉輪をこじ開け、ズプンッと完全に収まった。

「あ……ん、あぁ――ッ‼」

「――ッ、ゥ……」

可畏様がかすかにうめくと、私も釣られそうになる。媚薬のケースを手に立ちつくしたまま勝手に達して、下着をぬるりと濡らしてしまいそうだった。

「あ、あぁ……可畏……ぁ……」

小指ほどの太さがある獰猛(どうもう)な筋が、肉孔をいびつに拡げて入っていく。

部屋中に甘い嬌声(きょうせい)がひびき、粘膜が交わる生々しい音と重なった。

「んあ、ぁ……もう、いっぱい、奥……っ、あぁ……」

「──足枷を外して全員失せろ」

巨大な分身を八割ほど埋め込んだ可畏様は、細腰をつかみながら我々に命じる。

もちろん即座に「はい」と答えたが、私の心は潤様の足と同じように、違う方向に強く引っ張られた。

ふたりきりになればそれほど乱暴なことはしないと思われるので、潤様のためによかったと思う気持ちはある。だがそれとは別に、残念に思っている自分がいた。

潤様のペニスの先から白い精液が噴きだす様子や、そのにおい。なにより最高の快楽に溺れきるときの表情が恋しい。このまま残って……五感で潤様を感じていたい。

「ふあ、あ、ぁ……や、あぁ……！」

「──ッ！」

我々がチェーンの先をフックから外したり、足枷をゆるめたりしている間も、可畏様は腰を休めなかった。

「い、あ……あぁ！」

両手両足を解放された潤様は、おおいかぶさる可畏様の首にすがりつく。

それにより結びつきはいっそう深くなった。

今にも壊れてしまいそうな体が、荒々しい抽挿に感じている。

足枷がなくなったことでより大胆に開いた足で、可畏様の腰を囲い込む始末だった。

「……く、あぁ……そこ、もっと……っ」

「おい、しめすぎだ……少しはゆるめろ」

おふたりの邪魔にならないよう、我々四人は速やかにベッドルームをあとにする。

続き間を突っきって主扉に向かい、第一寮最上階の廊下に出た。

もう声は聞こえないはずなのに、頭の奥で潤様が喘いでいる。

耳のすぐそばに唇がある感覚だった。

あの甘そうな唇が開いて、「辻さん……」と、私の性器を求めてねだる。

他の三人も同じだったが、私は特に急いで階段を下りた。

一つ下の階にある自室に戻り、ひとりになるなりパンツの前をはだける。

さわる前から感じるほど蒸れていて、湯気が立ちそうだった。

「――ゥ、アァ……ッ」

潤様は可畏様のもの……十分に、いや十二分にわかっているが、淫らに動く右手を止められない。私は可畏様の忠実なしもべである一方で、欲深い本能を持つ肉食竜人だ。いくらか頭が切れるといわれていても、T・レックス竜人ほど高等な生物ではない。

すべては言い訳にすぎないが――どうか、このひそやかな願望を裏切りと断じることなく、許していただきたかった。

二時間ほどすると可畏様から連絡が入り、シーツを替えろと命じられた。

最上階奥の部屋のベッドルームに戻ると、テラスから水音が聞こえてくる。

情交を終えた可畏様は、ハレムに囲っている生餌様がた――草食竜人の美少年をはべらせ、優雅にオープンジャグジーに浸かっていた。

赤い蔓薔薇が這う柵でおおわれたテラスは、ほのかな間接照明と蠟燭の光がとても綺麗だ。

一方、潤様はベッドの上に横たわっていた。

ひとり静かにテラスを眺めている。

シーツにくるまっていたが足首は見えた。

拘束具による擦過傷はすでに治り、透き通るような白い肌には、しめつけた痕すらも残っていない。

「シーツを取り替えますので、しばらくソファーのほうでお待ちください」

抑揚のない話し方を心がけたが、ひどく緊張した。

反応が怖くて、自分でも信じられないくらい胸が痛くなる。

今夜は大丈夫だろうか……ついに壊れたりしないだろうか――いつも通り立ち直って、あの異様なまでのタフさを見せてほしい。どうか変わらないでほしい。

「ぁ、うん……」

潤様は覇気のない声で答え、鈍重な仕草で体を起こす。

ケープのようにまとっているシーツを引き寄せ、私の顔を見た。

「……すみません、よろしく」

まだ本調子ではないものの、潤様は今夜も壊れなかった。

目の光が消えていない。

私はそれがうれしくて……本当にうれしくて、たった一言、「はい」と答えるまでに随分と長い時間を必要とした。

つい先ほど、命令とはいえ足枷をはめた私に対し、「すみません」だの「よろしく」だのといえてしまうあたり、この人は特殊な人だとつくづく思う。普通ならいえないだろう。手当たり次第に……枕はもちろん置時計やスタンドまでつかんで投げつけ、口汚く罵ってもおかしくないのに。むしろそれが当たり前に思えるのに――。

「辻さん、あのさ、携帯……ちょっとでいいから貸してもらえないかな。三分、いや一分でもいいから」

ソファーに移動した潤様は、テラスの様子を窺いつつ頼み事をしてきた。

「申し訳ありません」

答えは決まりきっている。

私の即答に、潤様は無言でため息をついた。

わかっていたといいたげな目で私を見て、おもむろに口を開く。

「母親の誕生日なんだ」

「――ッ」

「まだギリギリ起きてる時間だし……日付が変わる前に電話くらいしたくて。俺が竜泉の寮に入ったりしなければ、家でみんなで食事して、ケーキ焼いてさ。大袈裟なことはしないけど、一応ちょっとは誕生日っぽいことしてたはずなんだ」

「可畏様に、そのように話されましたか？」

「いや、いってない。いおうと思ったけど、その前にとりあえず『親に電話したい』って理由なしに頼んだら、すんごい拒絶オーラを感じたから。それ以上踏み込むと……なんか、やばい地雷を踏む気がした」

この人は本当に聡い人だと思う。

実際のところ、可畏様に家族の話は禁物だ。

特に御母堂様のことを激しく憎んでいて、機嫌の悪いときは手がつけられない。

「潤様、大変申し訳ないのですが……いかなる理由があろうとも可畏様の意に反する御協力は致しかねます」

「……うん、ごめん」

ベッドメイキングの手を止めてきっぱりと断った私に、潤様はなぜか謝った。

「——今、ごめんとおっしゃいましたか？」

「あ……うん、ごめん。辻さんの立場じゃそう答えるしかないのわかってるし、実のとこ全然期待してないのに、余計なこといった」

「潤様……」

「頼まれて断るのって結構ストレスだよな。それがわかってて頼むのは、なんていうか、愚痴だな……つまり。誰かに聞いてほしい気分だったんだ。辻さんて……話しやすいっていうか、ときどきちょっと甘えたくなる」

「——え？」

「なんてね」

「……ッ」

いたずらっぽく舌を出した潤様は、まとっていたシーツをバサッとひるがえす。

シーツや体に染み込んだ可畏様のにおいが舞い上がり、この人が誰のものであるかを嗅覚でまざまざと感じた。

目で見るよりも、言葉でいわれるよりも、確実に脳に刻み込まれる。

コイツは俺のものだ——と、すべての竜人に対して示し、手を出すことを禁じるにおいだ。

——可畏様……。

これまでも、御愛妾と呼ばれる地位に就いた美しい竜人や人間がいた。

ひとりも長続きせず、可畏様は誰に対しても強い執着を見せなかった。

これほどの独占欲を示したのは、潤様だけだ。

「とりあえず……お風呂入ってくる」

完全に復活したらしい潤様は、スリッパを鳴らしてテラスに続く窓へと歩きだす。

その言動に、私は目と耳を疑った。

「え……御入浴されるのですか？　可畏様や生餌様がたと？」

「ムカつくけどベタつくし」

似た言葉をつなげた潤様は、どこまでも平常通りだ。

命じられたわけでもなく、むしろせっかく可畏様の恩情でひとりにしてもらっていたのに、自分の意思で可畏様や生餌様がたと一緒に入浴しようとしている。

「あの、内風呂もありますが」

「うん、もちろん知ってるけど、別々にお湯張るのもったいないし……中に出されたのは全部出したから大丈夫」

「そう、ですか……すみません、余計なことを」

「いや全然。気を遣ってもらってありがたいんだけど、こういう状況でひとりだけ部屋の風呂使うと、逃げ隠れしてるみたいだろ？」

苦笑混じりに笑った潤様は、窓の前に立つ。

視線の先には、ジャグジーに浸かる可畏様の後ろ姿があった。

「もう、慣れたんですか？　大勢で入浴することや、可畏様の行いに……」

「慣れたわけじゃないけど、ただ……あんまり意地張ってもしかたないし……生餌の人たちはみんな可愛くて小綺麗だから、裸のつき合いもそれほど抵抗ないかな」

「そ、そうですか」

「俺……ちょっとばかり色が白いせいなのかなんなのか、温泉に行くと知らないオヤジにジロジロ見られるんだ。下着盗まれたこともあるし。そういうのに比べたら可畏のハレムのが全然マシ。基本的にみんな可畏しか見てないから」

「潤様が温泉などに行かれたら、その手の指向がない男でもついつい妙な視線を向けてしまうことでしょう。想像がつきます」

日本国内ではどうしたって目立つ容貌の潤様は、眉を寄せつつ振り返る。

「ほんとそんな感じ」と、迷惑そうに唇をとがらせた。

変顔と表現してもおかしくない表情ですら、美人はやはり美人だ。

八の字眉と突きだしたタコ唇が、なんとも可愛くて息が止まりそうになる。

「心配してくれてありがとう。辻さんはわりと人間っぽいよな」

「――っ、そうでしょうか？」

「あ、ごめん。人間っぽいって、竜人にはほめ言葉にならないかな？　むしろ悪い？」

「いいえ、この竜泉学院は人間社会に上手くまぎれることを学ぶ場ですから、人間らしく振る舞えているのはよいことです」

私の答えに、潤様は「うーん」と、低めの声でひとしきりうなる。

「そういうんじゃないんだよな。もし本当に人間の振りが上手いだけなら、ちょっと泣きたくなるかも」

「……泣きたく？」

「うん、泣きたくなるよ。それはそうと、俺はこう見えて結構しぶといから大丈夫」

「は、はい……存じております」

「親に電話する件も、今日は無理でも明日は平気かもしれないし。俺、可畏の機嫌を取る気はないんだけど、アイツの機嫌を読み取るのは得意なんだ」

「察するということですか？」

「まあ、だいたいそんな感じ」

またしてもいたずらっぽい顔で、含みのある笑みを返される。

テラスから差し込むキャンドルの光を受け、存在そのものがキラキラと輝いていた。

夏の今はブルーのファブリックで統一されたベッドルームの中で、半身は青く、もう半身は金色に照らされて、とても神秘的に見える。

「潤様……あの、お役に立てないおわびに、お伝えしておきたいことがあります」

　なぜこんなことをいいだしたのか自分でも理解しがたいが、私は余計なことをいおうとしていた。どうしても、いわずにいられない気分だった。

「うん、なに？」

「お気づきかもしれませんが……可畏様は貴方と出会ってからは一度も、生餌様がたにお手をつけていらっしゃいません。血液の補給用として、あとは身のまわりのお世話をさせるためにはべらせているだけで、ベッドの相手としては興味をなくされたのです」

「──っていうか、してたんだ？」

「過去の話です」

　私が告げた内容に潤様は微妙な反応を示し、特に不快げでもなければうれしそうでもない、よくわからない表情のまま立っていた。

「それに、今夜使った足枷は合皮製で、革製のものがあったにもかかわらず、可畏様は新たに合皮製のものを購入されました。愛用されているキャンピングカーのシートも、本革から高級人工皮革スエードを使ったものに総取り換えしたんです。さらに……同じ素材を使った新しいリムジンを発注していました。どう考えても……ベジタリアンで、生きものの生死にかかわる素材が苦手な潤様のためとしか思えません。可畏様は……貴方が生理的にダメなものや本気でおそれるものを、ちゃんとさけているんです」

本当に余計なことを話し——主を裏切っている私を、潤様はおどろきまなこで見つめてくる。

どうやら戸惑っているらしく、視線を急に天井に向けた。

琥珀色に囲まれた瞳を、ピンボールの玉のようにあちこちに弾けさせる。

「あー……どうしよ」

「——潤様？」

「ちょっと、テンション上がったかも」

キャンドルライトを受けていた金色の頬が、見る見る薔薇色に染まっていく。

私は、潤様をよろこばすことができたのだ。

はにかんだ可愛い笑顔は、目がつぶれそうなほどまぶしく見える。

「辻さん、ありがとう。あ……可畏にはなにもいわないから安心して。あんなひどいことされたんだから、しばらくムッとしてなきゃな」

潤様は眉間を指でつまみ、あえて縦皺を作ってから、きびすを返して窓を開けた。

そのままテラスに出て、まっすぐに進んでいく。

気泡に満ちたジャグジーに浸かっているのは、可畏様と生餌の二号様と三号様の三人だけで、四号様から十号様までの七名はバスタブを囲んで座っていた。

潤様が近づくと、可畏様を含む全員が振り返る。

その瞬間——。

閉じられた窓のガラス越しに、私は可畏様の目の表情をとらえた。

十分の一秒にも満たない、ほんの一瞬。

動体視力が特別よくなければ気づけないくらい瞬間的な変化だったが、可畏様が安堵したのがわかる。

私がいだいた不安と同じ気持ちを、可畏様もかかえていたのだ。

今夜も立ち直ってくれてよかったと、そう思っている目だった。

すぐに暴君竜らしい眼光を取り戻していたが、見間違いではない。

可畏様は潤様をいたぶりながらも、本当に壊してしまうことをおそれている。

容易に屈しない相手を組み敷き、調教することをたのしんでいるわけではないのだ。

もっと危うく揺れる、人間味の強い心が見えた。

――可畏様……この先もしも、もしも貴方が暴君竜らしくなくなるときが来たとしても……

私は変わらず貴方について行きます。潤様の影響で変わるなら……それは貴方にとって不幸な変化ではないと、心から信じているから……どうなっても必ず、ついて行きます。

体を洗い終えた潤様が湯に浸かると、可畏様は二号様と三号様をバスタブから追いだした。

晩夏の蔓薔薇に彩られたテラスには、可畏様と潤様を含めて総勢十一名もいるが、それでも世界はふたりのものだ。

気泡に満ちた青いソーダのような湯の中で、潤様は可畏様に肩を抱かれる。

いつもならまだ怒っていてしかるべき状況でありながらも、潤様の表情はやわらかく、私が洩らした情報によるよろこびが顔に出ていた。

潤様は可畏様の耳に触れ、耳たぶを揉む。

そしてふたりは見つめ合う。

あらゆる問題をすべて忘れてしまったかのように、熱烈なキスをした。

生餌様がたがそれこそムッとした顔をしていたが、私の頬はゆるんでしかたがなかった。

おふたりのこんな姿を、これからも見ていたくて——。

暴君竜の日曜日

竜泉学院に転校して二ヵ月後の日曜日――。

可畏（かい）とゲームをしながら時計を見ると、正午近くなっていた。腹が減るはずだ。

このステージが終わったら食堂に行こうと思いつつ、とりあえずプレイを続ける。

一緒に部屋を出ても行き先は別で、肉食竜人の可畏は第一寮の食堂で肉が中心の食事を摂り、俺は草食竜人ばかりの第二寮に移動して、ベジタリアン向けの食事を摂ることになる。ルームメイト兼、恋人として仲よくやっているものの、基本的に食事は別だった。

「うーん……ステージ上がってから全然ダメかも。こんなの読めないし」

可畏とプレイしているのは、難読漢字のクエストものだ。

可畏と対戦しても勝負にならないため、協力して進めるタイプのゲームをやっている。

読み方が想像もつかない……というより、知っていなければ絶対に読めない系の問題ばかり増えてきて、俺はお手上げだった。可畏はひとりで難なくクリアし、パーフェクトのまま次に進む。最後のほうに出てきた漢字の読みは、ミミズとハチクマだったらしい。

「読めねーよ」

「字のままだろうが」

「いや全然違うから」

反射的に否定するものの、よく考えてみるとミミズは「蚯蚓(みみず)」で、イメージ的に一致する。丘と引をつければいいだけなので、次に同じ問題が出たら読み書きできそうな気がした。

「ハチクマってなに？　クマの一種？　でも漢字に鷹(たか)って入ってるな」

「蜂角鷹(はちくま)は鳥綱タカ目、タカ科のハチクマ属に分類される鳥類だ」

「え、鳥ってこと？」

「ああ、蜂の巣を襲って幼虫を食べる鳥だ。蜂の反撃を受けても平気な硬い羽を持ってるが、それ以前にまず、蜂の行動力を低下させる特殊能力を備えてる。群れで協力して狩りを行い、スズメバチの巨大な巣に順番に乗っかって巣をつつくんだ。くちばしの攻撃力は高が知れてて、軽くノックして一部を壊す程度のもんだ。にもかかわらず、乗られた巣の蜂は徐々にあらがう気をなくして反撃をやめる。最後には幼虫を置いて逃げだし、蜂角鷹の群れに食いつくされるわけだ。なかなか面白(おもしれ)え鳥だろ？」

「う、うん……そういう殺生の話は苦手だけど、すごいなとは思う。なんだろそれ、ヤル気なくなっちゃう麻酔的な成分とか出してるのかな……あ、そう考えると竜人もちょっと似てるよな。なにもしなくても近づくだけで人間をビビらせちゃうだろ？」

「生物は本能的に自分より強いものをおそれるからな。お前は別として」

俺と話している間も可畏はゲーム用タッチペンをさくさく動かし、かなりむずかしいはずのラストステージをクリアした。

「おお、すごい……ほぼひとりで全問正解とか、神レベル」

「お前は人任せにして投げすぎだ。俺を誘うならもっと真面目にやれ」

「可畏は書くの速いからさ。正解わかってても俺の手じゃ追いつかないんだよ。正確で綺麗な字で、しかも速いってどういうこと？　あ、そろそろ食堂行く？」

ゲーム機の電源を切ってソファーから立ち上がると、可畏が黙って見上げてくる。

普通に「ああ」というかと思ったのに、なぜか視線を窓に向け、なにやら考えていた。

「鳥の話をしたせいか、チキンが食いてえ気分だな」

「ええ……？　さっきの話で食べられるのは蜂の子だった気がするけど」

「それは要らねえ。俺はチキンが食いてえんだ。それも朝引き地鶏（じどり）が」

朝引きとか、そういう生々しい単語を俺の耳に入れないで——といいたいところだったけど、可畏が第一寮の食堂で毎食なんらかの肉を食べていることはわかっている。もちろん批判的な気持ちはなかった。ただ、生きものの恐怖や生死について具体的に考えたくないだけだ。

「おい、出かけるぞ」

「……食堂に？」

「いや、牧場に」

はい……？

可畏の声は低くても聞き取りやすいが、さすがに聞き間違いかと思った。

ここは山のてっぺんって感じの緑深い丘陵地帯だけど、まぎれもなく東京都だ。

牧場といわれてもピンとこないし、だいたい地鶏は養鶏場とかにいるんじゃないのか？

「ええっと、牧場って……牛とか馬とかいる牧場？」

「引き立ての地鶏を刺身で食える牧場が近くにある。竜嵜グループ直営の牧場で、併設の鉄板焼き屋では長期熟成でアミノ酸が増したうまいTボーンステーキも食える。今から行くぞ」

「いや、えーと……それは肉食の人たちとどうぞ。俺は遠慮しときます」

「行かねえ気か？」

「うん、行かない」

行き先に応じて面子を選んでくれないと——困るし、無理だし、ほんと勘弁。

ところが可畏は、大好物の肉を食べるっていうテンション上がりまくりの状態から一転……ショボーンて音が聞こえそうなくらい落胆した顔をする。いや、実際のところ表情はそんなに変わってないんだけど……目の輝きがくもり、全身から気が抜けた印象だった。

「ごめんな……生餌の人たちとかはさ、ヴィーガンだけど肉を見るのがダメとかじゃないからつき合えるだろ？　けど俺は事情が違うんで、見るのもにおい嗅ぐのも無理なんだよ」

「それなら別のフロアで待ってろ。見せたりにおいを嗅がせたりはしねえ」

「うーん、留守番じゃダメ？」

肉を食べにいく人に同行するだけでもストレスなんですけど……といいたい気持ちと、俺がいないとそんなにさみしいなら、多少無理してでもつき合って可畏をよろこばせようかなって気持ちがせめぎ合う。ほぼ半々くらいで心が揺れた。

「市販品じゃ味わえねえ濃厚ソフトクリームと、餅みてえに伸びる極上ヨーグルトが食えるぞ。ミルク味の強え白い自家製バターも、糖度の高いジャムもある。イチゴもブルーベリーもだ」

「――っ、え……あー……い、行こうかなっ」

濃厚ソフトクリームやヨーグルトやジャムに釣られたわけじゃなくって……そういう現金な話でも食い意地でもなく――ゆらゆらしてた気持ちが、半々から「行く」の方にガンッと振りきってしまった。だってなんだか……すごく一生懸命に俺を誘ってくる可畏が、メチャクチャ可愛かったから――。


可畏の「近い」発言は、俺の感覚では大嘘だった。

学院の屋上から、竜嵜グループが所有する十人乗りの大型ヘリコプターに乗り、可畏と俺とヴェロキラプトル竜人四人と、生餌の二号、三号の計八人で、隣の県にある牧場に向かう。

可畏は俺がさみしくないよう、肉食の四人だけを連れてレストランに行った。

そこで新鮮な朝引き地鶏（実際には午後引きだけど……）の刺身を堪能しつつ、長期熟成のTボーンステーキも食べるらしい。

俺にはまったく全然わからない世界だが、肉によって引き立てがおいしかったり、何ヵ月も置いてからおいしくなったり、いろいろあるんだなと思った。動物の恐怖心に同調しすぎると気を失うこともあるので、とりあえずあまり深く考えないようにする。

「ねえ、そのヨーグルトおいしい？」

高原に続くテラスに面したＶＩＰルームで、ベジタリアン向けベーグルと濃厚ヨーグルトを食べていると、生餌の二号ユキナリが正面の席から覗き込んでくる。

生餌はヴィーガンなので乳製品は口にせず、隣に座っている三号と一緒に、豪華なフルーツ盛りと無農薬野菜のスムージーを摂っていた。

室内には俺たち以外は誰もいないが、窓の外には一般客の姿が見える。

秋晴れの日曜の午後なので、それなりの客入りだった。

「ヨーグルトうまいよ。絹みたいな舌触り……超なめらかで、あくまでミルクですって感じのシンプルな味っていうか、でもコクがあって、モロ生乳ーって感じ」

「ぜーんぜん、わかんないんですけど」

「このうまさを説明しろっていわれても無理なんだよ。興味あるなら味見くらいしてみれば？食べられないわけじゃないんだよな？　なんかすごい食べたそうな顔してるし」

「そりゃ食べたいと思うことはあるけどね。草食竜人とはいっても半分人間みたいなもんだし、雑食化してる奴もいるよ。でも僕たちは可畏様のために徹底したヴィーガンでいたいの」

ストレートのサラサラ茶髪のユキナリは、真っ赤なイチゴにピックを突き刺す。

乳製品が嫌いとかじゃなくて、むしろ食べたい欲求があるっぽいのに絶対に口にしないのは、意志が強くてすごいと思った。俺はベジタリアンとはいっても乳製品は摂るし、食べたくないものをさけてるだけで、好きなものを我慢しているわけじゃない。

「生餌の人たちって根性あるんだな」

「そうだよ、偉いでしょ？　見直した？　頭から丸っと食べられずに生餌として残るためっていうか……肉食竜人の主を持ったら、健康でおいしい血を提供するのが仕事だもん」

「睡眠も大事なので、提出物とか絶対やりませんよ。早く寝ます」

「そうそう、勉強より健康だよねー」

ユキナリと三号は、「ねー」「ねー」なんていい合って、キャッキャと笑う。

提出物は出したほうがいいと思うけど、最優先事項が健康っていうのは悪くない気がした。

「あ、可畏様だ。おかえりなさいませー」

「生の地鶏と熟成ステーキはおいしかったですかぁ？」

ＶＩＰルームの入り口に暴君竜の巨大な影が現れ、可畏が姿を見せる。

いつもの制服姿だけど、環境が違うせいかちょっと新鮮だ。

背が高くてモデルみたいにスタイル抜群で、堂々としてるのに陰があるからミステリアスな雰囲気で……学校の外で見ると改めて思うけど、やっぱカッコイイ……。

「ソフトクリームは食ったのか？」

「ううん、まだ」

「一番たのしみにしてたんだろ？」

「天気もいいし可畏と一緒に外で食べようと思って待ってたんだ。とりあえずヨーグルトだけ食べたけど、今までのヨーグルトはなんだったんだってくらいうまかった」

思わずガッツポーズが出てしまった俺に、可畏は満足そうに笑う。

上から目線で偉そうなドヤ顔といえばドヤ顔なんだけど、俺がよろこんでいるのを確認してホッとしているのがわかった。

「あとさ、せっかく牧場に来たんだし、ちょっとくらい遊んでいきたいかも」

「馬にでも乗るか？」

「うわ、それいいな」

「俺は無理だけどな」

「……え、なんで？」

御曹司の可畏なら、乗馬とかさりげなくできそうなのに……と思ったら、ユキナリと三号がクスクスと笑いだす。可畏の後ろに立っている辻さんたちも、そろって苦い顔をした。

「わかんない。なんで無理なんだ？」

「恐竜をおそれない馬はいないからな」

「あ、なるほど……じゃあ乗馬はやめておこうかな」

「お前が乗ってる姿を見物するのも一興だ。運動神経には自信があるだろ？」

「まあね」

実のところ俺は可畏とは正反対に、馬と相性がいいらしい。

読心の力が働かなくても、なんとなく通じるものがあるみたいで、以前牧場に行ったときも馬が次々と寄ってきた。『乗っていいよ』って感じのお誘いを受けまくったくらいだ。

それにしても、おそれられる強い生きものも大変だ。

怖がられるってことは、いろいろ制約もあるわけで……可畏を怖がらずに済む能力を持っていて、本当によかったとしみじみ思う。蜂角鷹に中てられてヤル気がなくなっちゃう蜂とか、恐竜を怖がる馬とか、もしそんなふうだったら今ごろ俺はここにいない。

「乳製品もフルーツもうまいし、天気はいいし、最高だな」

ソフトクリームを手に屋外に出ると、緑のにおいのいい風が抜けた。

髪が風に流されてちょっと邪魔だな……と思ったら、可畏の手で直される。

以前はこの手が頭の上に来るとビクッとなったけど、今は優しい手だ。

ついでみたいに耳たぶをモミモミされて、それから手元を覗かれた。

「プレーンを選ぶかと思ったら、マロンにしたんだな」

「プレーンとマロンのミックスだけどな。栗、大好きなんだ」

俺は自分のソフトクリームをスプーンですくい、可畏の口元に運ぶ。

お約束通り「あーん」っていったら、可畏は少しためらいつつも口を開けた。

可畏が選んだのはプレーンだったので、もの欲しそうな顔をしたら同じことをされる。

もちろん可畏は「あーん」なんていってくれないから、俺は自分でいってパクッと食べた。

「おぉ……やっぱ濃くてうまいな。新鮮な感じ」

「よかったな」

「うん、可畏について来て本当によかった」

なんだかすごく幸せな気分だったから、俺は笑ってそういった。

その瞬間、可畏はピタッと表情を固め、ふくらむ感情を隠そうとする。

そんな反応を見たらさらに気分が上がり、俺はちょっとした嘘をつきたくなった。

自分の口角を指さし、「可畏のこのへん、クリームついてる」っていいながら身を伸ばす。

演技力がないのか、俺の嘘はバレバレだ。舌を出すと、舌先で舐め返される。

ひんやり気味のキスは、かなり甘くて濃厚で——ものすごくうまかった。

愛情記念日

十一月最初の週、俺は一時帰省から竜泉学院の寮に戻った。

つい先日帰省したばかりだったのに、可畏のほうから突然、「金曜の夜に帰省して、日曜の夜に戻ってこい」といわれたからだ。まさかこんなに早くまた帰れるとは思ってなかったので、うれしい半面、ちょっと不安な気分になった。なんでと訊いたら、「先日の一件の詫びだ」といわれ……まあ確かに詫びの一つや二つ入れて当然のことをしたもんな……とは思ったけど、それと同時になんとなく、隠し事をしている気がしたせいだ。

「な、なんだよこれ！」

第一寮の最上階にある可畏の部屋（俺の部屋でもあるけど）に入って「ただいま」といった直後――俺は目を疑った。

寝室の手前のドーンと広い居間に陣取るキッチンを見て、開いた口がふさがらない。

帰省前にあったはずの暖炉がなくなって、これまたドーンと豪華なのが設置されていた。

「す、すごいキッチン……可畏……これって、なに？　なんで？」

「先日の一件の詫びだといっただろ？　お前に意見を訊くと妙な遠慮をすると思って専門家に任せた。気に入ったか？」

「気に入るもなにも……俺、プロの料理人とかじゃ、ないんですけど……」

ついさっきまで使っていた実家のマンションのキッチンと違いすぎて、正直どうしていいかわからなかった。もちろんうれしいんだけど、「超うれしい！　ありがとう！」なんて簡単にテンション高くいえなくて……とにかくおどろいて、ふらふらとキッチンに入る。

イタリア製アンティークの家具が置かれた部屋に合うよう、機能性だけじゃなくデザインも重視して選ばれているキッチンは、大理石の天板を備えたピカピカの楽園だった。

ドイツ語っぽいメーカー名の入った黒いアイランド型キッチンで、冷蔵庫もオーブンも食器洗い機も全部ビルトインだ。パワーのありそうな換気扇は大きいけど絵になるし、シンクもすごい。両手がふさがっていても水を使えるよう、蛇口が足踏みペダルと連動していた。

「すっごいな、これ、ありがとう……ここで料理とかケーキとか、作っていいんだよな？」

「もちろんだ。通常はこれまで通り第二寮の食堂を使い、気が向いたときにここでなんでも作れ。食材は用意させる」

カウンターの向こうに立っている可畏は、答えたあとになって不思議そうな顔をする。

「ケーキ？　そんなものまで作れんのか？」

「あ、うん。卵がダメだから種類は限られるんだけど、ときどき無性に食べたくなって。よく作るのはレアチーズケーキ。冷やすだけだし、アレンジするまでもなく卵使わないしな」

肉食恐竜遺伝子を持つ可畏にケーキを食べさせるって発想が俺にはなかったが、「作ったら食べる？」と訊いてみた。興味を示したってことは、つまりそういうことだろう。

「——甘さひかえめで頼む」

「了解。うちの妹と同じことといってる」

思わず笑いながら、冷蔵庫を開けて食材をチェックした。

キッチンを設置してもらったお祝いとかお礼としてケーキを作るのもいいかなと思って……

とはいっても、男同士で○○記念とか、手作りケーキでお礼とか……イベントっぽくするのは恥ずかしいので口には出さない。

「あ、卵アレルギー用ビスケットだ。気が利いてるな。これを台にして……うーん、バターは無塩じゃないけど、まあいいか。プレーンヨーグルトも生クリームもある。……ん、あれ？」

冷蔵庫のチェックついでになんとなく冷凍庫を開けると、そこには氷とアイスクリームと、なぜか冷凍枝豆の袋が大量に入っていた。どこか見覚えのあるパッケージだ。

「これ夏にテレビで見たかも。一袋数千円の超高級枝豆だろ？　なんでこんなにいっぱい？」

「——それは俺のだ。野菜の中では枝豆が一番うまい」

「へぇ、枝豆好きなんだ……初耳。じゃあコレ使ったケーキにする？」

「枝豆が菓子になるのか？　ああ、ずんだ餅みたいなもんか」

「そうそう、季節外れのずんだレアチーズケーキ。さっぱりしててうまいんだぜ」

俺はますますうれしくなってきて、鼻歌を歌いたい気分で枝豆を茹でる鍋を用意する。

可畏は野菜も摂るけど、基本的には肉食だ。でも俺の前で肉類を食べたりはしないし、このキッチンには俺の苦手なものが一切ない。野菜の中で気に入っている枝豆ばかり用意したのは、偶然でもなんでもなく……ちゃんと考えてくれてるってことだ。

枝豆を茹でつつ、ケーキに使えるチーズがなかったので牛乳を温めた。一パック全部、鍋で六十度に温めてからレモン汁を半カップ入れて混ぜる。分離したものをフキンでこして搾れば、あっという間にローカロリーカッテージチーズの出来上がりだ。

「アッ、アチッ……まだ熱いな……っていうか加熱しすぎたっぽい」

「俺がやる」

ホエイとチーズを分けて巾着状にしたフキンを揉んでいると、可畏がカウンターの向こうから回ってくる。シンクで手を洗い、熱くて搾れないチーズを大きな手で搾ってくれた。

俺は私服にエプロン姿だけど、可畏はすでに入浴を終えてガウン一枚の恰好だ。お高そうな男っていうか、革の椅子に座ってワイングラスでも揺らしてそうなイメージなのに、チーズを搾っている。力いっぱいやると悲惨なことになるのを察してか、おそるおそる揉んでいた。

「ありがと……熱くない？　あ、もうちょっと力入れても平気。適度に水気抜いて……」

「このくらいか？」

可畏の横に並びながら、その手の中にある巾着を指で押してみる。

もう水気は出ず、ムニムニしてよさそうだったので、「いい感じ」と答えた。

すると突然、じっと顔を見られる。さらに移動していく可畏の視線は、俺の腰で止まった。

「お前の尻くらいだな。生温かくてやわらかくて、内側から跳ね返すような弾力がある」

「そういうセクハラすると豆の皮むきもやらせるぞ。一粒一粒薄皮むくの大変なんだからな」

本気でむかせるつもりでザルごと枝豆を押しつけると、可畏は少し笑いながら受け取る。

今日はすごく機嫌がいいみたいだ。

島から戻って以来だいたいこんな感じだけど……ときどき火が点いたようにカッとなったり、押し黙って暗雲を漂わせたり、まだ不安定なところはあった。

「こういうのさ、つまみ食いしながら作るのたのしいよな」

「……するか？」

可畏が優しい今、ちょっと甘えたくていってみると……期待通りの反応が返ってくる。

枝豆の薄皮をむいていた可畏は、エメラルドグリーンの粒を俺の口に運んでくれた。

少し前のめりになって指ごとパクッといくと、少しおどろいたような顔をされる。

偶然を装って枝豆の粒だけをついばみ、素知らぬ振りを決め込んで咀嚼した。

可畏の顔を見上げつつ、これまで食べた枝豆とは別物みたいな味をたのしむ。

「うん、うまい。甘いし濃厚なんだな。うま味が一粒に凝縮されてる感じ」

一瞬だけ俺に指をしゃぶられた可畏は、さらにもう一粒……薄皮をむいて口に運んでくる。

俺はまた知らん顔で指ごとパクッとくわえて、さっきよりも少し長くそうしていた。

枝豆の粒だけをかじると、唇から離れた指先から唾液の細い糸が伸びる。

それがぷつりと切れたとき、可畏の目の色が変わった。

抽象的ではなく本当に、虹彩の中の赤みが強くなる。

「誘ってんのか？」

「……うん。今すぐってわけじゃないけど……ケーキを冷やして固めてる間に……汗かいてもいいかなとか、思ってるよ。……二日ぶりだし」

二粒目の枝豆を呑み込み、なにも持たずに迫ってきた可畏の指先にキスをした。

ちょっと塩味がしてしょっぱくて、枝豆の甘い香りがする。

胸の奥が……キスのリップ音より大きく、キュンと鳴った気がした。

同時に股間が反応して、同じくキュン……って感じに硬くなる。

本当はもう……今すぐしたい気分だったけど、せっかくふたりで作ってるケーキはちゃんと作りたかったから、「あとでな」と念を押した。

「うかつにちょっかい出すと食われるぞ。男と車は急に止まれないっていうだろ？　お前はどっちも身をもって知ってるはずだ」

「……あ、うん……車は……苦い思い出……」

男も……苦い思い出のような、今となってはいい思い出のような――。

そりゃ、嫌いな奴に暴走されてぶつかられたら大迷惑だけど、好きになっちゃえばうれしい愛情表現なわけで……まあ、程度はあるけど……。

「わかってんなら食わせろ」

可畏は前髪が触れ合うほど顔を近づけ、親指で唇をめくってくる。

触れられたところが熱くなったけど、どうにか頑張ってムラムラを抑え込んだ。

「ケーキ作ってから、な……あとちょっと我慢しろよ」

「つまみ食いってのは、ことさらうまいもんだよな」

可畏は唇の端をゆがませ、俺の顎をぐっとすくい上げる。

「――可畏……っ」

ああ、ちょっとワルい顔してる……と思うと、胸も股間もさらにキュンキュン来ちゃったりするんだから、俺は相当おかしい。

幸いまだ生クリームは冷蔵庫から出してないし、常温でしばらく放置しても平気なものしかないんだよな……とか、頭で計算しながら下着を濡らしている。

「――つまみ食いで、終われるのかな……」

終わらないだろうな……終わらなくてもいいな――そう思った。

だってさ……突然帰省しろっていわれて……家に帰っても可畏のことばっかり思いだすし、今どうしてるかなとか、他の奴といい感じにすごしてたら悔しいなとか、考えたりして……。

映画を観ても料理をしても、可畏と観たかったなとか……可畏に食べさせたいなとか、早く日曜の夜が来ればいいのにって、思ってたんだ。

「――潤……」

「……っ、可畏、ぁ！」

エプロン姿のままひょいっと抱き上げられ、硬いところを重ねられる。

可畏のそこはすでにすごくて、当たった瞬間甘ったるい声が漏れてしまった。

キスがしたくて唇を開くと、まず視線が合い……それからいきなり深いキスをされる。

「ん、ぅ……う……」

肉厚で弾力のある唇を味わう俺と、尻をくり返し揉む可畏――。

搾ったチーズと似た感触とかいわれたけど、実際どうなんだろう。

その手に、俺の肉はどんな手ざわりだろうか。いい手応えだろうか。

「ふ……っ、う……く……っ」

可畏のキスは強引で、支えられていないと腰砕けになりそうだった。

食べさせるより食べられたいと思うと、チーズケーキのレシピが吹っ飛ぶ。

さっぱりしたケーキもいいけど、今はもっと濃厚で……ドロドロなものが欲しかった。

暴君竜とアボカド王子

竜泉学院に転校して一月半、俺の朝は洗顔と歯みがきで始まる。

それ自体はごく普通だが、朝はスースーしない子供向けの歯みがき粉を使わされていた。

ミント系のを使った直後にしゃぶられると、あそこが冷たくなる感じがして嫌だとかで……

毎朝、俺の口の中は甘ったるいバナナ味で満たされる。

名門私立男子校——竜泉学院高等部の生徒会長で、T・レックスの遺伝子を持つ竜嵜可畏は、ベッドですやすや眠っていた。普段は隙のない男なのに、寝ているときは無防備に見える。

俺はベッドの端に座って、愛妾の役目として強要されていることをすぐにはせずに、可畏の寝顔を見下ろした。

俺を抱いているとよく眠れるとかで、セックスのあとはいつも抱き枕にされている。

最中の強引さと比べたら、優しいといってもいいくらい力を抜いてふわっと抱かれるので、それに関しては最初からそんなに嫌じゃなかった。

先に起きることになっている俺が、可畏を起こさないよう慎重に腕から抜けだすと、可畏は一瞬起きかけてシーツの上に手をさまよわせたりする。俺を捜すわけだ。

手応えがなくなって体温だけが残ったシーツをなでて、「ああ、もう朝か。起こされるまで寝てよう……」とでも思ってるみたいに、ふたたび眠りにつくのがお約束だった。

俺が可畏の命令通り、気持ちのいい起こし方を——つまり朝勃ちをしゃぶって、快感やら爽快感やらで理想的な一日を迎えられるよう奉仕するのを待つ。機械で起こされるとかただ声をかけられるとか、そういう目覚めじゃ納得できないワガママな男だ。

ゲイでもないのにさらわれて、毎朝しゃぶって起こせといわれるこっちの身にもなってほしいけど、慣れって怖いなとつくづく思う。最初のうちは間違えることもあった歯みがき粉も、今は間違えない。起きた瞬間から、「さっさとフェラして可畏を起こさなきゃ」なんて意識が頭にあるから、ミントはさけてバナナ味に手が伸びる。

布団をそうっとはがして、可畏が着ている白いガウンの腰紐をほどいた。

可畏の肌は浅黒い。一応ハーフだけど、実際にはそれどころじゃないくらい複雑で、いろいろな血が混ざっているらしい。でもこのなめらかな肌質は、やっぱり東洋人て感じがする。

生理現象で勃起したアレは怖いくらい御立派で、天井と腹の中間くらいを向いていた。完勃ちのときは余裕で腹につき、つかんで下げないと挿入できないくらいだ。

「可畏……」

こういうものを前にしても特に嫌だとは思わなくなったけど、なんとなく声をかけてみた。もちろん、分身にじゃなく本体のほうに。そうしてみてすぐに、まずかったかと少しあせる。

可畏は音や声で起こされるのが嫌いで、場合によってはブチ切れて暴れだす。

朝っぱらから殴られるのは勘弁だ。

可畏のまつ毛が上がりかけた瞬間、急いで唇に食いついた。

弾力があってしっかりふくらんでいるそれは、ちょっとエロくて好きだ。

体だけじゃなく、顔まで肉感的というか……セクシーというか……十八でここまでセックスアピール激しくてどうすんのってくらい、ぐっとくるカッコよさが憎たらしい。

「――なにやってんだ？」

俺のキスで目を覚ました可畏は、特に不機嫌そうではなかった。

感情を見せないための無表情――実は結構気分がいいのを隠してるか、イラッときてるけど我慢してるかのどっちかだ。近ごろの可畏は以前ほど勢い任せにブチかますことはなくなって、我慢するってことを覚えた気がする。

「なんとなくキスしたくて」

そう答えると、可畏はおどろいた顔をした。

一瞬の変化だったけど見逃さない。

「ごめん……こんな起こし方じゃ嫌だよな。ちゃんとしゃぶるよ、いつもみたいに」

残念そうに苦笑してみると、うなじを引き寄せられた。

可畏はなにもいわずにキスをしてきて、俺の唇をふさいだまま一気に上下を返す。

「んっ、うぅ……っ！」

後頭部が枕に埋まっても、うなじにそえられた手は離れなかった。

可畏の頭の重みと大きな手に強くはさまれ、頭がつぶれそうになる。

まあ……実際につぶされるわけはなくて、ちゃんと加減してくれるんだけど——。

「ふ……ん、ぅ……う……」

唇を押しつけられて舌を吸われ、あふれる唾液をすすられる。

自分から可畏の唇をふさぐのと、強引にふさがれるのは全然違った。

同じ唇が触れ合ってるのに、味わうキスと味わわれるキスは別物だ。

「……っ、は……ん、あ……っ」

「——ッ」

肉食恐竜にとっておいしい餌である俺の体液を……可畏は夢中でむさぼり、朝勃ちの股間をいっそう硬くしながら俺の下着を引きずり下ろす。

そして俺は、可畏に求められていることに安心する。

飽きられたら殺される身なんだし、求められてホッとするのは当たり前だ。

当たり前、なんだけど……でもそれだけじゃなくて、同じ部屋で寝起きする日々がいつまで続くのかなって、最近よく考える。

死ぬのが怖いというより、俺に飽きて冷めきった可畏を見るのが嫌で……。

俺は期間限定の愛妾……可畏は俺の主(あるじ)——。

認めたわけじゃないけど、それが今日現在の関係で、明日はどうなってるかわからない。

だからつい願ってしまう。いつか恐竜の姿で俺の体を食い千切り、肉や骨を呑み込むときは、せめてよく味わって……最高にうまくて一生忘れられない味だと思ってほしい。

そうじゃないとあまりにも悲しいから、肉の一片たりとも残さず、他の誰にも分け与えず、全部ひとりで食べてほしい――。

＊＊＊＊

潤を学院に転校させて二ヵ月半、俺の生活は少しだけ変わった。

自分で料理を作りたいという潤のために、部屋を改装してキッチンを作ってやったら、潤は俺の朝食まで作るようになった。相変わらず殺生にかかわるものにはさわれないベジタリアンだが、毎日ふたり分の朝食を作る。俺が「自分の分だけ作れ」といえば終わるだろうが、そういえないまま日々がすぎていた。おかげで最近、必要以上に野菜を摂っている。

「なんだこのパンケーキは、緑色だぞ」

「水気を抜いたヨーグルトとアボカドをミキサーにかけて、生地に練り込んだんだ」

「やけに薄っぺらいパンケーキだな……」

「うん、俺は卵を使えないから卵白でふくらませるわけにはいかなくて。見た目は残念だけど、バターたっぷりでガッツリ塩味。味見してないけどたぶんイケるぜ。あとはこれ……」

潤はキッチンからもう一皿持ってきて、パンケーキの横に置く。

載っていたのは地味な色のマフィンだった。アーモンドの香りがする。

「食後のマフィンは、おからとアーモンド。小麦粉も砂糖も卵も不使用だけど、意外とうまい。レモンビネガーを使った手作りカッテージチーズたっぷりで、すごい爽やかなんだぜ」

自分の作ったものの説明をしているとき、潤はいつにも増して輝いていた。

まだいい足りないようで、「今日のスムージーは紫イモにしたんだ。緑と茶色だけじゃさみしいからさ」といってグラスを指さし、テーブルに着いた。

「いただこう」

「はい、召し上がれ」

俺はT・レックスの遺伝子を持つ竜人で、もちろん肉食だ。肉食恐竜が草食恐竜を襲う際は、餌の体内で消化された植物を摂るために内臓から食う——つまり肉食恐竜にも植物の栄養素が必要なわけだが、ここまで野菜づくしの食卓に着く肉食竜人はまずいないだろう。

「寮の食堂でも十分満足だけど、やっぱ自分で作ると充実感あるな」

「そういうもんか？」

「うん、可畏に買ってもらったものの中でキッチンが一番うれしかった」

正面に座っている潤は、淡いグリーンのパンケーキを頬張る。

味を確かめているのか、ひと口目は少しむずかしい顔をした。

片頰をふくらませる顔が可愛い。

こうしてただ咀嚼しているだけでも絵になって、CMでも観ているようだ。さすがというかなんというか――芸能事務所のスカウトマンに追い回されて死にかけただけのことはある。

「おお、いい感じ。改良の余地はあるけど、試作品としては上等だな」

「なんだ、試作品を俺に食わせてんのか？」

「処女作だと思えば悪くないだろ？」

「――ものはいいようだな」

最終的に笑顔になった潤は、「ほら、食べて食べて」と勧めてくる。

薄緑色のパンケーキを切ると、溶けたバターが切り口にじわりと染み込んだ。

明らかにふくらみが足りないが、味も食感も悪くない。

卵を使って生ハムをそえたら抜群だと思ったが、いってもしかたないので黙っていた。

歩み寄ることが、できるものとできないものがあるのはわかっている。

「うまいな、甘くなくていい」

「よかった。毎日アボカド食わせてごめんな」

「そういえば昨日、アボカド王子とかいわれてなかったか？」

「あ、聞こえてた？　毎日アボカド食べてるから、そんなんいわれちゃった」

「笑い事じゃねえ。主の愛妾におかしな名前をつける奴には仕置きが必要だ」

「まあそういうなって、軽い冗談だから。御愛妾だの一号さんだの呼ばれるよりは、アボカド王子のがうれしいぜ、俺。超庶民なのになぜか王子なのな」

まんざらでもない様子の潤は、マフィンのカップを破りながら笑う。

俺の側近が潤をアボカド王子と呼んでいるのを耳にしたときは、ふざけた呼び方にいささか腹が立ったが、改めて考えるといい得て妙だと思えてきた。確かにアボカドを好んで摂り、まるで蓄光機能でもついてるみたいにキラキラしている。

「──で、王子様は連休をどうすごしたいんだ?」

マフィンを食べている最中に訊くと、潤はしゃべれない状況ながらに目を輝かせた。

ゴクッと音が聞こえるほど勢いよく口の中のものを呑み込み、「東京ドームでやってる恐竜展!」と即答する。

そうしてすぐに首をかしげ、「可畏にはつまんないかな?」と訊いてきた。

恐竜しかいない学院と寮にいながら、このうえさらに恐竜を見たがる潤の言動──不思議なようで、理由は明快だ。すべては潤の歩み寄りであることを、俺はもうわかっていた。

「いや、いいんじゃねえか」

答えると、潤は笑う。この顔が見られるなら、なんだってしてやりたい。

アーモンド味のマフィンを食べながら、俺は早速、ドームを貸しきりにする方法を考えた。

暴君竜の特等席

ハワイから帰国して五日後の夕方——潤は竜泉学院第一寮の自室でテレビを観ながら、恐竜映画の予告にくぎづけになっていた。すでに何度も観ていたが、公開日がすぎたことで内容が変わり、さらに目を惹くものになっている。

「——なにか思いだしてるような顔だな」

「あ……うん。今の予告の戦闘シーン、可畏がリアムと戦ったときと似てるかも」

「予告を見る限り、ティラノの敵はキメラ恐竜らしい。牙の数が半端じゃねぇ」

「そうそう、キメラみたいだし……翼竜じゃないけど白いとこはリアムと一緒。これ、前から観たいと思ってたんだけど、今夜とか無理？」

「今夜？」

「うん、公開したばっかりだけどレイトショーならわりと空いてると思って……あ、もちろん空席検索してみて、可畏的に大丈夫そうな席が取れたらでいいんだけどさ」

前もって誘うと映画館を貸しきりにされてしまうので、頃合いを見ていきなり誘う気でいた潤は、それをついに決行する。閉所恐怖症のうえに巨大なティラノサウルス・レックスの影を背負う可畏の事情は理解しているが、観たい人が多い人気映画を金の力で独占するのは気分が悪い。罪悪感があっていまいちたのしめないのだ。

「お前がそういうと思って上映権を買ってある。校内で観れるぞ、今すぐに」

「——え？　あ、そういえば……この学校って映画館あるんだっけ⁉」

「ああ、３Ｄ映像を臨場感たっぷりに視聴できる最先端の映像技術と、世界最高レベルの音響設備を誇る映画館だ。改装でしばらく閉鎖してたが、それもすでに終わってる」

可畏はこの瞬間を待ってました——とばかりに満足そうに語ると、「上映準備をさせる」といって携帯を手に取った。

一般生徒には使用を禁止しておきながらも自分は使っていて、一部の側近にも許可している。海水対応の超防水型で、衝撃や温度差に強く、薄型軽量とは無縁のごついスマートフォンだが、ロック画面に表示されているのは潤とのツーショット写真だ。

そのうえ打ち込まれるパスワードは『０５２１』、潤の誕生日だった。

——愛されてるなぁ、俺……。

誰かに大事にされるよろこびに男も女もない。ましてや相手がもっとも大事な人なら、これほど幸せなことはない。自分のことを考えてなにかをしてくれる人がいることは、それがどんなに小さなことでもありがたいことだ。

財力と権力を持つ可畏はやることが大きくなりがちだが、小さなことでも胸に刻まれていることはたくさんある。一緒に外を歩いていたときの、「そこの段差、気をつけろよ」といった一言や、「足元すべるぞ」やら「寒くないか？」といった言葉。

　恋人同士なら当たり前の……その場限りですぐに忘れてしまいそうな気遣いの言葉を、潤はよく憶えている。

　──元がひどすぎたせいで、優しくされるとびっくりするっていうか、ひびくっていうか、そういう意味では得してるよな、可畏……。

　制服のジャケットに包まれた大きな背中に続いて、廊下をてくてくと歩く。

　プロのトレーナーでも制御できない獰猛な闘犬が自分だけになついているような、優越感に裏打ちされた充実感があった。可愛いとは無縁のビジュアルの可畏を、可愛く思ったりする。

　今も後ろからぎゅっと抱きついて頬ずりしたくて、手や顔がうずうずした。

「あ、そうだ……可愛いといえば生餌の人たち」

　ふと思いだし、その場に立ち止まる。

　可畏と潤の部屋の前にある廊下は、生餌二号から十号の部屋に面していた。

　それこそ可愛いを体現する容姿の持ち主で、可畏が誘えば大よろこびでついてくる九人だ。

「おい、小うるさいのを呼ぶなよ」

「上映中はしゃべらないからうるさくないだろ？　みんなで観たほうがたのしいし、本格的な映画館ってことは広いんだよな？　ユキナリたちと、あと辻さんたちも誘おう」

　映画を観るならみんなで一緒にと思い、数歩戻って二号の部屋をノックする。

　二号ユキナリは相変わらずいつ可畏に呼ばれてもいい恰好をしていて、髪型も制服も完璧な状態で顔を出した。潤の顔を見るなり大きな目を細くしたかと思えば、廊下の先にいる可畏の姿にくわっと目を見開く。

「可畏様、僕になにか御用ですか？」

「お前に用はねぇ」

「あるよっ、今からみんなで映画観に行かないかと思って、誘いにきたんだ。校内の映画館で公開されたばっかりのやつ観れるっていうから。恐竜の」

「あーはいはい。そういえばしばらく工事してましたよね、映画館。エグゼクティブシートが増えたって聞いたんで、いつ行けるのかなぁと思ってました。一号さん、お誘い、ありがとうございますぅ」

普段はタメ口をきいてくるユキナリは、可畏の手前わざとらしい丁寧さでいった。

ユキナリが他の生餌と辻らに声をかけて連れてくることになり、潤は可畏とともに第一寮をあとにする。

映画館は、中高部よりも大学部に近い位置にあった。体育館同様、独立した建物だ。

外から見ると何階建てかわからないが、入り口から入るとスタッフに案内され、VIP専用エレベーターホールに通される。

そこで初めて、四階建てだとわかった。

「VIP専用って……生徒会役員専用ってことか？」

「いや、映画館は中高部と大学部共用で、教員も使える。VIPパスを持ってるのは中高部の生徒会役員と竜嵜家に絡む竜人がほとんどだ。大学部にいる兄ふたりと、理事長、他にもあと何人か、理事長の特別許可を受けた教員と学生がいる」

可畏はそういいながら学生証をかざし、エレベーターのボタンをアクティブに変えた。

開いた扉の向こうはガラス張りで、贅沢な特大サイズだ。

四階でエレベーターを降りると、シャンデリアの輝きに照らされたラウンジが広がる。

竜泉学院の制服と同じ、黒に近い紫を基調とした空間だった。

「う、わ……なにここ、ソファーがいっぱい」

「VIP専用ラウンジだ。ソファーはすべて人工皮革スエードにしてある」

「レザー、さけてくれたんだな。俺に合わせてくれてありがとう。それにしてもすごい広さ。立派なラウンジだな。……けど、ラウンジって具体的になにするところ?」

「今日は予定外の上映になるが、普段は上映時間が決まってるからな。ここで待ち合せたり、上映時間まで待ったり、それなりにくつろげるようになってる」

「な、なるほど……なんかアロマ系の香りするし、空気までゴージャス感たっぷり。映画館といえばポップコーンのにおいがして、ゲームコーナーとかあったり……予告映像とかガンガン流れててわりとうるさいイメージなのに……」

ラウンジの入り口では、ギャルソン服を着たスタッフが深々と頭を下げている。

バーカウンターはワインセラーを備えていて、ワインの他にもいろいろとそろえているようだった。もちろんスタッフは全員竜人で、背後には小型恐竜の影が浮き上がっている。

「ほんとすごいな、俺が知ってる映画館とは全然違うっていうか別世界。これが学校の中とかあり得ないから」

「ゴチャゴチャいってないで好きなものを頼め」

「うん、あ……ベジタリアン用メニューもある。スムージーとかあるんだな、うーん……でもせっかくだからベジタリアン向けノンアルコールカクテルにしよう」

潤は野菜を使ったグリーン・ソルティードッグを注文し、可畏はウーロン茶を選ぶ。

しばらく待ち時間があったが、可畏はラウンジでくつろぐ気はないようで、飲みものの出来上がりを待たずに潤の手を引いた。

暗い通路に足を踏み入れ、先にある二つ目の扉に向かう。

「シアター内のシートは上下に大きく分かれていて、下から上のシートはほぼ見えない構造になってる。上からも下は見えない。上のエグゼクティブシートに座るには、このラウンジから入る必要があるが……ＶＩＰパスを持っていても座れないシートが一つだけある」

「一つだけ？　最後尾ど真ん中とか？」

「そう、それは俺専用だ。祖母にも兄にも座らせない。座っていいのは俺とお前だけだ」

「――え？」

フットライトが光る通路を抜けた可畏は、スタッフの手を借りずに自ら扉を押す。

照明がわずかにともるシアター内は、可畏の説明通り上下に別れていた。

この扉からのみつながるエリアは、潤が目にしたことのない空間だ。

「すごい……デカッ……なんかマッサージチェアみたい！　シートがつながってないし！」

「リクライニング機能のついた大型シートを十六シート設置してある」

「隣のシートが離れてる。これ、デートだったらさみしいくらいの距離だな。……でも映画に集中できていいかも。うわ、ひとりに一つサイドテーブルがあるし、靴箱もハンガーもある。なんか、あれだな……お金持ってると人生いろいろたのしめそう」

「他人事（ひとごと）みたいにいうな。お前は竜王国の王妃になるんだろ？」

呆然（ぼうぜん）としているとまた手を引かれ、最後尾の中央に連れていかれる。

そこには、扉近くにあったシートの二倍はあるソファーが置いてあった。

「これって、ラブチェアってやつ？」

「そういう名称なのかは知らねえが、ふたりがけだ」

「俺と可畏はここなの？　俺たちだけラブチェア？」

「――文句があるのか？」

文句というかなんというか……これ設置させるの恥ずかしくなかったですか？　と訊きたい気持ちをぐっとこらえて、「ハハハ……」と乾いた笑いを返してみる。

「文句がありそうだな」

「ないけど、こんなことならふたりだけのほうがよかったかも……校内なら貸しきりでもいいような気がしてきた。そうだよ、ふたりだけで観るべきだった……あー……」

熱くなる額に手のひらを当て、さらに「あー」と声を絞りだす。

嫌なわけではないが、とにかく恥ずかしい――そんな気持ちでいっぱいだった。

「もしかして、俺と手をつなぎながら観たかった?」

「――手をつないできたのはお前だろう」

可畏が真顔でいうので、慌てて記憶の海をさぐる。

思いだすのに時間はかからなかった。

初めて映画館デートをしたとき、この先どうなるのかわからない関係だったにもかかわらず、可畏の手に触れたいと思った。

上映中に意図して触れたときの自分の気持ちや、びくっと手をふるわせた可畏の反応。振り向いたときの可畏の白眼にスクリーンの色が反射し、綺麗だと思ったことまで憶えている。

「うん……そうだった。映画館で、俺から手をつないだんだよな」

「あれも恐竜映画だったな。これよりもっとファンタジックなやつだ」

「そうそう、ティラノとトリケラトプスが一緒に仲よく育つみたいなやつ。でも、今考えるとあり得る気がしてきた。なにしろほら、俺たちこんなに仲いいし」

エへへと笑いながらシートに座ると、肯定も否定もされなかった。

隣に座る可畏の横顔は真剣で――少なくとも自分との関係については、あり得ないとされる奇跡的なものを築いていることを、認めている顔をしている。

「ここ、最高の特等席だな。あ……3D眼鏡が置いてある。実は俺3Dって初めてなんだ」

「――っ、初めて？　いまどきそんな奴いるのか？」

「いるよ。だって追加料金四百円とかだぜ」

「……ヨンヒャクエン……」

「普通の高校生には大きいんだよ。親も妹も3Dに興味ないタイプだったし、よく一緒に行く友だちは酔いやすくて無理とかいってたし……追加料金払ってまで観る機会なかったんだよな。だからほんとに初めて」

少し興奮しつつ、不織布の袋に入ったサングラス風の3D眼鏡を取りだす。

樹脂製のそれを両手でしっかりと持ち、可畏の顔に向けた。

目に当たらないよう注意して、耳の上にそっとかける。

「うわ、カッコイイ……超似合う」

「――こんなものが？」

「どんなものでもハイグレードに見えるんだよ」

実際のところ、彫りの深い整った顔立ちの可畏には眼鏡がよく似合う。

「あ、ドリンク持ってきてくれたみたい」

「小うるさいのも来たようだな」

「小うるさいとかいうなって」

可畏の手の甲をペシッと叩きつつ、サイドテーブルにあった3D眼鏡を受け取る。

そうしているうちに飲みものを運んでくるスタッフがやってきて、さらに続いてわらわらと、ユキナリや辻らがシアター内に入ってきた。

「うわぁ、ほんとにシートが増えてる！　前はみんなで一緒に観れなかったのにっ」

「五日間で工事したとは思えないですねっ、シートも設備もグレードアップしてますし」

辻ら四人が遠慮して潤や可畏から離れたシートに座るのに対し、ユキナリは「僕は可畏様の隣ー」と近くのシートに腰かける。

——最近になって急に改装して、シート増やしたんだ？　全部で十六人分のシート。以前はもっと少なかったのに増やしたってことは……。

竜泉学院中高部生徒会役員は、可畏と潤と、ヴェロキラプトル竜人の四人と生餌が九人——時と場合によるが、最大十五人で行動する。

元々がいくつだったのかは知らないが、現状ひとり分余計にシートがあるのは確かだ。

ここにいる十五人以外にもうひとりと考えると、可畏の弟のような妹のような存在のキメラ恐竜、リアム・ドレイクの顔が浮かぶ。

　――リアムが日本に戻ってくるとは思えないけど……でも映画館は大学部と共用なわけだし、いつか戻ってきてもいいようにとか、思ったのかな？

　以前は十五シート以下だったと考えると、以前の可畏は生徒会役員全員で映画を観るということを想定していなかったのかもしれない。それが改装によって役員全員とリアムの分も一応用意したとするなら、それはとても大きな変化に思えた。

「可畏様、どうして十六シートあるんですか？　ひとり分余計じゃないですかぁ？」

　訊きにくいことを訊いてくれたユキナリの言葉に、ガッツポーズをしつつひやりとする。

　以前の可畏は不快なことを訊かれただけで手が出たので、どうしたってハラハラした。

「――バランスの問題だ」

　可畏はまっすぐ前を向いたまま、顔色一つ変えずに答える。

　そしてユキナリのほうを向くと、「おい、靴を脱がせろ」と命じた。

　特に動揺している様子は見られず、命じる可畏も従うユキナリもいつも通りだ。

　――確かに奇数だとバランス取れないかもだし、偶然かもしれないけど……。

　考えすぎか、それとも直感通りか……どちらかわからなかったが、３Ｄ眼鏡をそっとかけてみる。瞳を隠した状態で、改めて可畏の横顔を見つめた。

　これから観る映画は、予告から察するに暴君竜とキメラ恐竜が戦うようだが、可畏はもう、リアムとは戦わないだろう。

可畏の中で、リアムは身内に昇格したのだ。

可畏にとっては肉親は必ずしも心許せる大切なものではないため、血がつながっているから身内認定というわけではない。今の可畏は、それとは別のところでリアムのことを考え、ほどほどに大事にしてやってもいいか——くらいに思っているのかもしれない。

雌雄同体だからとか、恋敵にならないとか、そういった条件も影響しているかもしれないが、それだけでもない気がする。

——レアなキメラ恐竜として華やかな立場にいても、心許せるのはひとりだけで、その人を一途に想う気持ちとか、そういうものに……同情とか共感とかあったのかな？

十五人分の飲みものが用意されると、上映開始を伝えるブザーが鳴る。

真っ暗になったシアターの中で、そっと可畏の手を握った。

可畏はもうびくっとふるえたりはせず、こちらを向く。

「——怖いのか？」

以前映画館で手を握ったときと同じことを訊かれたが、今のは本気じゃない。

わざとまったく同じ台詞を口にしたのは、あのときのことを憶えているという意思表示で、今は冗談として口にしたのだ。そしてやはりあのときと同じように、恋人つなぎをする。

「うん、ちょっと怖いかも」

「３Ｄは初めてだからか？」

「あー……それもあるかな」

「──それも？」

「……うん」

本当は、これ以上惚れちゃうのが怖いんだよ──内心答えつつ笑う。

真っ暗なのをいいことに首を伸ばして迫ると、望み通りのキスができた。

ただし３Ｄ眼鏡がカツンと当たって邪魔だったので、お互いの眼鏡を外し合う。

本編が始まるまでの間……あと少しだけ、この贅沢な空間で、より贅沢な口づけを味わっていたかった。

翼竜王と暴君竜

ハワイ諸島のさらに北に位置する竜人の島、ガーディアン・アイランド——。

島内最大の繁殖地ファームで行われるはずだった繁殖計画は失敗に終わり、種雄として期待されていた暴君竜——竜嵜可畏と、その恋人の沢木潤が島を出て二日が経過していた。

竜人研究者クリスチャン・ドレイクはこの失敗に気を落としており、どうしたら最強の孫を我が手に抱けるのかと……こりずに頭をひねっているようだった。

「……ッ、ゥ……」

可畏に吸われた血液をようやく再生させたリアムは、ふらつきながら起き上がる。

不完全なキメラ恐竜である自分が暴君竜に敵わないことはわかっていたが、想像以上に彼は強く、恐竜のときはおろか、人型のときでも圧倒的な実力差があった。今こうして生きていられるのは、生かしてやろうという可畏の意思があってこそだ。

——生き恥をさらして、情けない有り様だ。

鏡に目をやり、ため息をつく。ひどく憂鬱な気分でキッチンに向かった。

クリスチャンが美しいといってくれたから伸ばしたストロベリーブロンドを一つにまとめ、目の色と同じラズベリーピンクのエプロンをつける。「リアムの目の色に似ていたから思わず買ったんだ」といって、クリスチャンがプレゼントしてくれたものだ。

彼は自分がこの世に生まれた瞬間から……正確にはそれよりも前から、父親にも等しい創造主として、常にそばにいてくれた。

自分にとっては肉親の情など疾うに超え、唯一無二の愛する男になっている。

けれどもそれは一方的な想いだ。研究しか頭にない彼に、愛だの恋だのいえるわけがない。

自分は彼にとって恋愛対象どころか息子ですらなく、雌雄同体のキメラ恐竜という……レア恐竜として重宝されているだけなのだから。

――口に出して伝えなければ、なにも変わらないけれど……。

低速ミキサーに有色野菜を投入し、冷蔵庫からチキンを取りだす。

ローズマリーを中心としたハーブで香りをつけたチキンをオーブンに入れ、半熟気味のフライドエッグを作った。ブランを使用したパンに溶けやすいチーズを載せて焼き、もう一枚には濃厚なバターをたっぷりと染み込ませる。

クリスチャンは食事のときも研究資料に目を向けていたり、実験のかたわらに食事を摂ったりするので、サンドイッチが定番だ。今日はチーズと卵とロテサリーチキン風ステーキのサンドイッチを作り、トレイにジュースとともに載せた。

キッチンを出て向かうのは、廊下の先にある研究室だ。

トレイを片手に持ちつつ五指の指紋照合を済ませると、スライドドアが開いた。

「リアム！　もう起きて平気なのか？」

声をかけても気づかないほど熱中していることもある彼が、今朝はすぐさま反応する。トレードマークの白衣と派手なカラーシャツ、無精髭がやや軽薄な印象を醸しだしているが、誰もが認める天才研究者だ。

衣服の下には、超進化型ティラノサウルス・レックスの竜人として相応しい肉体が隠されている。髪は黒く、肌の色は浅黒く、彫りの深い顔立ちの偉丈夫だ。

「はい……もうすっかり元気になりました。御心配をおかけしてすみません」

「起き上がれるなら早速検査をしないとな。可畏ほど完璧な若い雄を前にしてもその気にならないなんて、やはりまだ雌としての成熟度が低すぎたのかもしれない」

「──クリス……」

クリスチャンは水槽の中で眠る新種のキメラに培養液を与えながら、「見極めが甘かった。反省してるよ」と謝ってきた。

「見極め、ですか？」

「そう。直前に行ったスメア検査の結果から、僕は君の体が受胎可能な成熟度に達していると判断した。恐竜化した可畏を前にすれば、自然と惹かれ合って互いに発情をうながすと信じて疑わなかったんだ。……だがそれは過去の経験に基づくもので、僕がこれまで見てきたのは、普通の雄と雌だ。雌雄同体の君が特殊だってことに関して、理解も慎重さも足りなかった。繁殖シーズンを見誤ってつらい目に遭わせたことを許してほしい」

クリスチャンはかつてないほど深く反省している様子で、本心からの謝罪だとわかった。それはよくわかるのだが、しかしこちらの気持ちはまるで伝わっていないのだと改めて思い知らされる。手にしたトレイがサンドイッチとともに震えた。

——確かに可畏は……若くて完璧な、もっとも繁殖に適した雄かもしれません。でも私は、彼に対してそういう気持ちになれなかった。私の心は男のままですし、それでも子を産むなら、それは貴方(あなた)の子でなければ嫌です。

本心を口にできず、「お役に立てなくて申し訳ありません」と頭を下げる。

勝手に彼を好きになって……こんなふうに困らせ、謝らせている自分が嫌だった。

クリスチャンを困らせているのは、奔放な実子の可畏ではなく、他ならぬ自分だ。

繁殖計画が失敗した決定的な理由は、雄を受け入れなかった雌の自分にあった。

可畏がどんなに沢木潤を愛していても……恐竜化した状態で発情期の雌に誘発されたら、理性を失って交尾していたかもしれない。自分がしっかりと風上を取って誘えば、今ごろクリスチャンは新種誕生を心待ちにしていたかもしれないのだ。

「久しぶりだし、今日はダイニングで一緒に食べよう。まだ食べてないんだろう?」

肩をぽんと叩かれて食事に誘われただけで、体が宙に浮きそうになる。

恐竜化すると飛べない中途半端な翼竜、キメラ恐竜ティラノサウルス・プテロンのリアムは浮遊能力を持っていて、感情がたかぶると制御できずに浮いてしまうことが間々あった。

「リアム、大丈夫か？　少し浮いてるぞ」

「……っ、すみません。うれしくて、つい」

「ハハッ……こんなことでか？　パパと一緒に食事ができてうれしいなんて、君はいつまでも甘えん坊だな」

無精髭をザリッとなでながらクリスチャンが笑うと、浮いていた両足が床に着地する。

数少ないレアキメラ竜人の成功例であり、雌化を果たした貴重な研究対象。あるいは息子のような存在。そういった価値しか見いだしてもらえなくても、以前はなんとかやっていけた。

一緒に暮らせるだけで幸せを感じて、純粋に彼の役に立ちたいと思っていた自分は、どこに行ってしまったのだろう。

──可畏に愛される沢木潤のように……私も……私の暴君竜に愛されたい。クリスにとって特別な存在になりたい。

ダイニングでクリスチャンと向き合い、黙々と朝食を摂りながら想いを募らせる。

うらやむ対象として、可畏と潤のことが頭から離れなかった。

自分とクリスチャンの長い年月と比べたら、まだ出会って間もないふたりだというのに……なぜあんなに愛し合い、信頼し合い、互いを理解し合えるのだろう。

「──竜人ですらないのに……」

揺るぎない絆を作ったのは、どう考えても沢木潤のほうだ。

潤が可畏に歩み寄り、彼を変えて、最終的にふたりは寄りそい合った。

「リアム？　竜人ですらないって？」

「あ、すみません。声に出ていましたか？」

「出ていたよ。潤くんのことかな？」

「――はい……あの……生まれも育ちも違って、食生活はもちろん、社会的通念も金銭感覚も、なにもかも違うのに、どうしてふたりはあんなに理解し合えるんでしょう」

問いかけるとクリスチャンは視線を上げたが、すぐに答えはしなかった。

チキンステーキのサンドイッチにかぶりつき、ごくりと呑み込んでから笑う。

「そりゃ正直で甘え上手だからだろう」

「――え？」

「潤くんだよ。あの子はまあ、よくしゃべるんだ。自分の考えをものすごい勢いで言葉にしてくる。それは人間的な正論ばかりなんだけど……かといって竜人の感覚を完全に無視するほど押しつけがましいわけじゃない。彼なりに可能な限りこっちに理解を示し、譲歩できることはしようとしてるんだよ。なんとなくわかるだろ？」

「はい……私も少しは話しましたから」

「可畏はもちろん僕もだけど、暴君竜として生まれた竜人は、かしずかれたりおそれられたりするのが当たり前だからね。あんなふうに無遠慮にあれこれいわれる機会なんてそうないんだ。

可愛い顔と声で叱られたり甘えられたりするうちに、得がたい存在になったんじゃないかな。たぶんね」

クリスチャンはそういって、またサンドイッチにかぶりつく。

おいしそうに食べている彼を見つめながら、リアムは痛む胃の上に手を当てた。

沢木潤のように、思ったことを口にして、貴方が好きだといえたらいい……どうしても子を産まなければならないなら、貴方の子でなければ嫌だといいたい。他の雄と交尾する気はなく、他の雄の子を産む気もないと、きっぱり宣言できたらどんなにいいか——。

——私の望みは貴方に愛されること。貴方の望みは、私と可畏の子を手に入れること……。同じ暴君竜であっても、ベストシーズンをこれから迎える若い可畏と、三十代後半のクリスチャンでは生物的価値が異なる。繁殖に適する組み合わせは目に見えていた。

研究者としてのクリスチャンがなにより望むのは、未知数の能力を持つ最強の子——それを期待できる組み合わせが目の前にある以上、彼はそれをあきらめない。

クリスチャン・ドレイクは、父や男である前に研究者だからだ。

「クリス……今回の件、落胆させてしまって申し訳ありません。次は上手(うま)くやります」

個人的な感情を抑え込み、本来の自分の意志を貫こうと思った。

クリスチャンをよろこばせること……彼の役に立ってほめてもらうこと。そして大事にしてもらうこと。それが幼いころからの目標だった。そのことばかりを考えて生きてきたのだ。

「リアム、よくいってくれたな！」

「あのときの私は、どうかしていたんです。初めての交尾に気がたかぶって……おそらく雄の部分が強く出て、目の前の雄に対抗心を」

「そうか、それで可畏に攻撃したんだな」

「はい……貴方の実子を傷つけ、計画を台なしにして本当に申し訳ありません。深く反省したうえで、今は……可畏の子供を産みたいと、真剣に思っています」

「本当か⁉　ああっ、よかった！」

「必ずや強い子を産んでみせます」

嘘(うそ)です……全部、全部嘘ですよ。本当は貴方以外の雄と交尾するのは嫌……死にたいくらい嫌でした——口には出せない言葉を、野菜ジュースとともにごくごくと流し込む。

「いい飲みっぷりだな」

「こんなのじゃなくて……血が欲しいですね。草食竜人の血を飲みたいです。早く回復して、強い子を産める体にならなくては……」

「ああ、そうだな！　気づかなくて悪かった。極上の血をすぐに用意させよう」

食事を終えて席を立ったクリスチャンは、いそいそとダイニングをあとにする。

リアムは彼の背中に向けてほほ笑み続け、見えなくなるなり口角を下げた。

ダイニングのドアの輪郭が涙で揺らいだが、これでいいと思っていた。

これまでもこれからも自分の願いは変わらない。なによりも守りたいのは彼の幸せだ。

今度こそ必ず、彼をよろこばせようと思った――。

＊＊＊＊＊

竜人研究者として幼いころから頭角を現していたクリスチャン・ドレイクは、これまでに数々のキメラ恐竜を誕生させてきた。謎めく竜人の生体メカニズムを解明したり絶滅危惧種の延命や繁殖を成功させたりと、過去に例のない功績を上げている。

その結果、竜人組織フヴォーストから絶対不可侵権を与えられ、最高位の研究者として名を馳せた。安全を保障され、種族の垣根を越えて活動できる特権的立場にある。

――発情期の雌がその気になれば、あとはどうにでもなる。可畏をもう一度この島に連れてきて、恐竜化させればいいだけだ。

研究室のデスクで通信端末を握りながら、可畏とリアムが交尾する場所と、可畏を誘いだす方法について考える。可畏には恋人がいて、ふたりが惹かれ合っていることはわかっているが、相手の沢木潤は人間だ。そして男でもある。

可畏の優秀な遺伝子を残すことと、恋人の存在は一切関係がない。条件のよい雄と雌が計画的に繁殖することは、有力竜人として生まれた者の責務だと考えていた。

それは自分だけの偏った考えではない。竜人社会の常識といえるものでもある。

天然の有力竜人である可畏の遺伝子には、脈々と受け継がれてきた竜人の過去と、この先の未来への可能性が詰まっている。決して途絶えさせてはならない価値があるのだ。

一方リアムは、十人の有力竜人の遺伝子を混合して作りだされたキメラ恐竜で、特定の親はいないものの、十人の親の中には製作者である自分も含まれている。

あいにくキメラは見下されがちな人工物だが、リアムの遺伝子には、想像を超える種を生む可能性が秘められていた。

――僕が育てた美しい王子様は、僕の夢を叶えるようにお姫様へと進化した。もちろん……相手は最上級の雄でなければならない。可畏以外には考えられない。

可畏とリアムの間に誕生する最強ベビーを想像すると、ニマニマと笑いが込み上げてくる。

極めて強い暴君竜か、それとも翼を持った暴君竜か、想像を超えるとんでもない新種か――なにが出てくるかはわからないが、いずれにしても素晴らしい子供が期待できる。

近親交配には危険がつきものだが、ふたりはそこまで血が濃いわけではない。失敗の確率は比較的低いといえるだろう。若いふたりにはわからなくても、優秀な子を持つことは将来的に大変幸福なことなのだ。

現に自分は、可畏とリアムというふたりの子供に恵まれて、日々幸せを感じている。

「おはよう可畏、パパだよ。今ちょっといいかな？」

『——気色悪い自称はやめろ。朝っぱらからなんの用だ？』

「忙しいところ悪いね。実は潤くんに相談があって。勝手に接触を持つと怒られそうだから、許可を得てからと思ったんだ」

時差の関係で日本が朝を迎えるまで待っていたクリスチャンは、可畏に電話をかけた。

潤を脅して可畏をどうこうするのはむずかしいとわかった以上、目的を果たすためにはアプローチの仕方を変えなければならない。

可畏とリアムを交配させるに当たり、一つ希望になるのが潤の寛容さだ。

潤は可畏が雌恐竜と交尾することを嫌がっていたが、竜人社会の常識に対して一応の理解を示していた。彼の性格から考えると、脅して無理に従わせるより低姿勢でストレートに頼んだほうがいいだろう。上手くいけば協力を仰げるかもしれない。

『潤と接触を持つことは許さねえ。いいたいことがあるなら俺が聞く』

「そんなに警戒しないでくれ。僕はただ、回復したリアムの気持ちを潤くんに伝えたいだけだ。きっと心配してるだろうからね」

『必要ない。回復したとだけ伝えてやる』

「可畏、そうつれなくせずに聞いてくれ。べつに潤くんでなくてもいい、君に頼みがあるんだ。研究者としてじゃなく、君の父親として頼みたい」

『父親面するのはやめろ、白々しい』

取りつく島もない可畏の態度は、予想の範疇だった。

このまま予定通りの路線で攻めればいい。

強要すれば反発する可愛い息子は……その反抗的な態度とは裏腹に、父親のことをひそかに敬愛している。そういう意味ではまだ子供で、まっすぐなところがあるのだから、下手に出て確実に心をつかむのが常套だ。

「君が潤くんを大事にしてるのはわかるよ。あの子はとても優しいし、理解があって寛容だ。恐竜化した君が雌と交尾することを許せる、心の広さを持っている」

『御託はいい。なにがいいたいんだ？』

「リアムが先日のことをひどく反省していてね。次こそは上手く交尾するといっているし、再検査の結果、成熟度に問題はなかった。僕は君たちふたりの父親として、可愛い孫をこの手に抱きたいんだ。潤くんの許しも得られることだし、ここは一つ割りきって……」

抑揚をつけてなるべく情感を出しながら語ると、ツーツー……と虚しい音に耳を打たれる。

もちろん現段階では想定内の反応だが、やはり一筋縄では行きそうになかった。

――まあ、とりあえずはこんなものか……あの可畏がここまでおとなしく聞いてたんだから、脈はある。以前よりは確実にいい感じだ。

情に訴える作戦が失敗というわけではなく、演技と演出次第で上手くいく手応えを感じる。

問題はここからどうするかだ。作戦決行に向けて手段を考えなければならない。

まずは二十キロばかり減量して、ひどくやせこけた姿を見せようと思う。
謎の感染症により、余命幾許もない父親からの最後の願い……なおかつ感染症の治療には、近親種の臍帯血が有効――という設定を仕込み、やせて衰弱しきった姿で信憑性を持たせればいい。可畏はためらうだろうが、あのお優しい潤が、「オジサンを助けてやってくれ！　俺のことは気にしなくていいから！」と説得してくれるだろう。あの子はそういうタイプだ。
子供が無事生まれるまでは臥せっておいて、みんなのおかげで助かりました――という大団円ハッピーエンドに持ち込めばいい。

「――おや？」

にんまりと笑っていると端末が鳴りだし、表示された名前におどろかされる。
今しがた通話を切った可畏からだった。
一芝居打つまでもなく気が変わったのかと、淡い期待を胸に通話ボタンを押す。

「可畏、どうしたんだい？」

『アンタは馬鹿か？』

いきなり問われ、瞬きする間もなく『救いようのない馬鹿だ』と断定される。

「か、可畏？」

『他人の恋路に口をはさむつもりはなかったが、常軌を逸するアンタの馬鹿さ加減とリアムの不幸体質は放置できるレベルのもんじゃねえ。こっちにまで火の粉が降りかかる』

可畏はそういうと、大きなため息をつく。

それは確かにあきれ混じりのため息に違いなかったが、こちらがとやかくいえない妙な圧を持っていた。

『一度だけいうからしっかり聞いてろ。信じがたいが、リアムはアンタに惚れてる』

「――……は？」

『アイツは自主的に子供を産みたいとは思ってない。それでも産まなきゃならねえなら、体を許せる相手はただひとり……クリスチャン・ドレイク、アンタだけだ。アンタ以外の雄と交尾するくらいなら、死んだほうがましだと思ってる』

青天の霹靂のような可畏の言葉に、電話だということも忘れて首を横に振っていた。

人間の恋人に感化されすぎた可畏がとんでもない思い違いをしているだけで、そんなことは絶対にあり得ない。絶対に絶対に、あるはずがないと思った。

「……可畏、僕はあと少しで四十だ。遺伝子的に僕の胤じゃ特別な子は望めない。だいたい、あんなに綺麗でレアな雌が……僕みたいな枯れたオジサンを相手にするわけないじゃないか。父親のように慕っているだけで、繁殖相手や恋愛対象とは思ってない。あり得ないよ」

『誰もが遺伝子で価値を決めるわけじゃねえ。アイツは、アンタの子供なら産んでもいいが、それ以外は嫌だと思ってる。それが真実だ。見誤るとすべて失うぞ』

「――ッ……」

わずか十八年しか生きていない息子からの忠告は、後頭部を殴られるようなものだった。がつんとすごい衝撃がきたが、わけがわからない。理解がまったく追いつかない。

絶句していると、電話の向こうから沢木潤の声が聞こえてきた。

『可畏ー、外風呂でみんな待ってるんだから早くー。冷えて風邪引いたらどうすんだよっ』

不満そうな潤の声が届くや否や、一方的に通話を切られる。

ツーツーという、何度聞いても虚しい音が響き渡り、頭をかかえた。

可畏はまだ十代で……繁殖に於けるベストシーズンはこれからだ。

容姿は過去の自分に瓜二つだが、強さも大きさもすべてに於いて自分を上回る最上級の雄といっていい。親の欲目ではなく本当に最上級だ。

自分の感覚では、可畏と自分では月とスッポン以上の差があり、リアムほど高価値の雌が、光り輝く月を蹴って老いていくスッポンを選ぶとは夢にも思わなかった。

「ほ、本当……なのか？　参ったな……」

リアムのあの……透き通るような白い肌が……艶やかなピンク色の唇が……そしてとびきりゴージャスなストロベリーブロンドや、魅惑のラズベリーピンクの瞳が……全部自分のものになるとしたら、どうしたらいいのだろう。

そんなことは考えていなかった。想像するとおそろしく甘美で、贅沢で、しかしあまりにもあり得ない。あまりにも釣り合わず、もったいない。

「——本当に、困ったな……」

急に心臓がバクバクと鳴りだし、慌てて胸を押さえた。

病気になったと嘘をつこうとした罰が当たったのか、本気で胸が苦しくなる。

いかんせん、こういうことは苦手なのだ。

不確かで計画通りにいかない人間じみた心など、ないほうがいいに決まっている。

——ああ、まずい……世界が急に、ピンク色に見えてきた。

もったいない、もったいない。自分には絶対に、あまりにももったいないのに、ムラムラと湧いてくるよろこびは男としてのものだ。研究者としてあるまじきことだが、これがどうにも幸せな色を帯びていていけない。

——やめよう……とりあえずいったん思考停止だ。いきなりふくらむこの厄介な妄想も繁殖計画も含めて、すべて……いったん停止しよう……。

止められぬ妄想をかかえつつ、デスクの上に突っ伏す。

落ち着こうにも心臓が騒がしく、恐竜化して走りだしたい気分だった。

翼竜王とアボカド王子

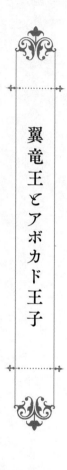

ハワイから帰国して六日後の週末——可畏が生餌と呼んでいる草食竜人との距離が少し縮んだこともあり、みんなでディップパーティーを開くことになった。

俺と可畏の部屋は広いので、十一人で食事を摂るのも簡単だ。

きっかけはハワイのベジタリアン用レストランで購入したクラッカーだった。

それがものすごくおいしかったのでまた食べたいといったら、それをしっかり聞いていた可畏が辻さんに命じて取り寄せてくれて……でもホームメイド仕様なだけに賞味期限が短かったので、みんなで一気に食べることになった。

俺はアボカドのディップを三種類用意し、二号さん——というかユキナリは鮮やかな緑色が綺麗なグリーンピースと大葉のディップ。三号さんは栗カボチャとアーモンド。四号さんは白胡麻と白味噌。五号さんはピーナッツバターと豆腐。六号さんは焼きリンゴとシナモン……と、そんな感じで、みんなで用意した十二種類のディップをココット皿に盛って、クラッカーを大皿に並べる。それを二セット用意し、六対五に分かれて食べられるようにした。

「なんなんだこれは、新手の罰ゲームか？」

「あー、ごめんごめん。俺はうきうきなんだけど、可畏にはつまんないよな。さすがに動物性脂肪足りない感じ？」

「足りないのは脂肪じゃない。動物性タンパク質だ。俺は肉食竜人だぞ」

「それは百も承知だけど、参加するっていったのは可畏だろ？」

げんなりしている可畏を横目に、どうしても笑ってしまう。

不機嫌そうに見せているだけで、本当はそうじゃないことを知っていた。

特殊能力に頼らなくても、顔を見ていればわかる。近ごろは特にわかるようになった。

安全な寮の中でまでべったりそばにいなくても平気なのに、帰国してから先、可畏は俺から離れようとしない。なんだか大きな鴨の子みたいだ。それに以前と比べたら素直になったし、表情も豊かになってきた。

「可畏様、よろしかったら生ハムとチーズをお持ちしましょうか？　あ、レバーペーストとかアンチョビとか、サーモンとかいかがでしょう？　僕は一号さんと違って肉や魚をさわるのは全然問題ないんで、なんでも御用意できますよ。そうそう、フォアグラもいいですよね。鴨を無理やり太らせて脂肪肝にしたアレです。食堂の厨房から持ってきましょうか？」

正面に座るユキナリの嫌がらせ的提案を聞いていると、胸がムカムカしてくる。

俺には生まれつき動物の感情を感知する能力があり、彼らの恐怖心にさらされてきたせいで、生きものの生死にかかわるもの全般が苦手だった。普通の肉もつらいけど、特にフォアグラは無理すぎる。目の前で食べられたら気絶しそうだ。

「そんなもん食わねえから心配すんな」

いわゆるお誕生日席に座っている可畏は、左斜め前の俺に向かっていった。

そして透かさずユキナリの頭を小突く。以前なら失神するほどぶん殴っていたはずだけど、俺の手前なのかなんなのか、半泣きで済む程度のゲンコツで済ませていた。

「お前が作ったのはアボカドか？」

「あ、うん。この三種類が俺の。乳製品を使ってるのもあるんだ。クリームチーズと黒コショウのディップがオススメ。あと可畏の好きな枝豆を使ったやつも粗塩がきいててイケると思う。クリーミーなアボカドと枝豆のツブツブ感が合うんだ」

クラッカーを手に取って自分が作ったディップを塗り、可畏の皿に次々と置く。

他のみんなも「いただきまーす」といって、それぞれ好みのディップをすくい始めた。

可畏は俺の作ったものを食べ、特になにもいわなかったけど二枚目に手をつける。

こういう感じはいいなぁと、しみじみ思った。可畏と平穏に仲よくやっていけてることも、草食の人たちと一緒にたのしくすごせるのもうれしい。

「前の学校では男子高生が料理できるのが当たり前ってわけじゃなかったから、こんなふうにみんなでなにか持ち寄ってパーティー的なことするとか、まずあり得なかったな。全員そろって料理が得意って知ってちょっとびっくりした。この学校ってなんかすごいな」

「俺はできねえぞ」

「あれ？　そうだっけ？」

「一号さんたら、可畏様が厨房に立つわけないじゃないですか。肉食竜人は基本的には主側、草食竜人は餌か使役する側なんだし、レアステーキをおいしく焼けるようでなくちゃ草食竜人はやってられません。そもそもヴィーガンは自炊できなきゃきびしいですから」

え……でも可畏はキッチンに立って、俺の料理の下拵えを手伝ってくれることもたまにあるけど——とか反論したい気持ちもあったけど、それはさておきユキナリの言葉の最後の部分は納得だった。ヴィーガンではない俺ですら、なにかと不自由は多い。

「まあ肉食竜人っていってもピンキリだし、小型の場合は主を持ちますけどね。大型の方々は御自分で家事とかする必要がないから」

「そうそう、お生まれになった瞬間からかしずかれて生きる運命なんです」

ユキナリと三号さんからいわれ、料理ができる大型恐竜とか、もしいたらすごいカッコイイじゃん……と思っていると、突然ノックが聞こえてくる。

「——ん？　誰か来たみたいだな」

「やだなに？　なんだか危険な大物の気配が……」

ユキナリが眉をひそめた途端、返事もしていないのに扉が開いた。

「御機嫌よう、暴君竜。お邪魔してもよろしいですか？」

「——ッ、リ……リアム……!?」

予告なくいきなり現れた超絶美形——リアム・ドレイクの姿に、みんな度肝を抜かれる。

ハワイで別れたきりだったので、びっくりして言葉が出なかった。

もう戻ってこないと思ってたし、相変わらずキラキラ光ってて……映画の中から抜けだしてきたような違和感に中てられてしまう。人間離れっていうのはこういうことをいうんだ。

「随分とたのしそうですね。これが女子会というものですか？」

いや、違うから……と内心否定するもののやっぱり言葉が出てこない俺に代わって、可畏が「お前がいうな」といい返す。

顔を合わせると険悪になるんじゃないかと心配になったけど、わりと普通の雰囲気だった。

「リアム……体のほうはもう大丈夫なのか？」

竜泉の制服を着てるってことは復学するのか？　とか、あれからどうなった？　とか他にも訊きたいことはあったけど、まずは一番気になることを訊いてみた。

リアムはにっこりほほ笑んで、ストロベリーブロンドをなびかせながら近づいてくる。

なんだか以前にも増して綺麗になった気がした。

「御心配ありがとう。見ての通り回復しました。君も元気そうでよかったです」

「……どうも。あ、よかったら一緒に食べる？　ベジタリアン向けだけど」

「よろしいんですか？」

右側からギロッとにらむ可畏の視線を感じたけど、「もちろん」と答える。

リアムをどこに座らせるべきか迷った結果、自分の席をゆずった。

可畏とつき合うようになってから上座とか下座とかを気にしなきゃいけないことを覚えたし、この場合、リアムの席は可畏の次じゃないとダメだと思ったからだ。

「復学するとは聞いてたが、三学期からじゃなかったのか？」

可畏はすごく不機嫌そうな顔で……でも自分からリアムに話しかけた。

「高校生活は短いですから、少し急いで戻ってきました」

「お前にとっては向こうにいる時間のほうが貴重だろうが」

皮肉っぽくいった可畏に対して、リアムは自嘲気味に笑い返す。

いろいろと思うところがありそうな顔だった。

「それはそうとドアの外から聞こえてしまいましたが、大型の肉食竜人でも料理ができる者もいますよ。クリスもそれなりにできますし、私もよく作ります」

リアムの言葉に、ユキナリたちはお通夜のようにシーンとして一言も返さなかった。

可畏の機嫌を損ねることをおそれているのだろう。リアムにちやほやする気はないといわんばかりにスルーを決め込むおかげで、空気がものすごく悪い。

「そ、そうなんだ？　リアムならなにやっても様になりそうだな。エプロンも似合いそう」

「そういえば、日本のエプロンは割烹着というのでしょう？　君も着るんですか？」

「着ない着ない。エプロンと割烹着は別物だし、男はあんまり使わないかも」

「そうなんですか。君が着たらさぞかし可愛いだろうと思っていました」

「そりゃどうも……着ないけど」

俺はリアムの皿を用意し、そのままディップの説明をする。

いつ可畏がキレるかとひやひやしたが、可畏もリアムも、何事もなかったかのように普通の態度でクラッカーを食べた。可畏はいつも通り黙々と……リアムは一つ一つに好意的な感想をそえながら、とてもほがらかに笑っていた。


ディップパーティーが終わって全員が引き上げたあと、キッチンの片づけをする俺の後ろに可畏が立つ。立つというより、背中にぴたりと密着してきた。肩の上に顎を乗せ、腰に両手を回してくる。身動きがかろうじて取れるくらいの力だった。

「料理はできたほうがいいのか？」

「ん？　まあ、そりゃできないよりはできたほうがいいけど、なにか作りたい気分になったらやってみればいいんじゃないか？」

リアムやクリスチャンにできて、自分にできないことがあるのが嫌なのかな……と思うと、なんだかますます可畏が愛しくなる。

ただでさえカッコイイのに料理までできたらメロメロになっちゃうよ——とかいったらよろこぶかもしれないけど、とりあえずいわないでおいた。

「俺がなにか作りたくなったら、お前が教えてくれんのか？　白い割烹着姿で」

「なんでそこで着るもの指定すんだよ……色まで。教えるのは全然いいけど、なんでもできる可畏が料理までできちゃったら、俺の存在価値が減りそうだな」

半分冗談、半分本気でいうと、後ろから耳をカプリとはさまれる。

動物性タンパク質を求める可畏の手が、胸とベルトに向かってきた。

「お前の価値はそんなもんじゃねえ」

「そもそも可畏の好きなものは作れないんだった」

「お前の作るものはだいたいうまい。本人以上にうまいものはないけどな」

ベルトを外しながら肩越しに迫ってきた可畏が、唾液を求めてキスをしてくる。

背中に当たっている筋肉質な胸から、速い鼓動が伝わってきた。

「可畏……」

ああ……もう、近ごろのお前は最高にカッコイイし、だいぶ優しくなったし、俺の自慢だし、料理ができなくてもすでにメロメロなんですけど——とはやっぱりいわないけど、振り返って抱きついて……メチャクチャなキスをした。

暴君竜とスーツの王妃

十二月某日、クリスマスが数日後に迫る中、潤は可畏に連れられてテーラードスーツの専門店に来ていた。本来はもっと早く来る予定だったが、遅れたのには複雑な事情がある。

それはさておき、老舗の趣がある店内には紳士の見本のようなテーラーが待ち受けていて、見るからに上等なスーツがずらりと並んでいた。

今回はイージーオーダーなので、まずゲージ服を試着する。

温和な口調の若い男性テーラーが、用途や年齢に合わせた上着の形や、パンツの長さ細さについて丁寧に説明してくれたので、基本の形はスムーズに決めることができた。

「手足がすらりと長くて均整が取れていらっしゃるので、仕上がりがたのしみですね。次回はぜひフルオーダーのスーツを作らせてください」

「え……いや、はい……機会があれば……」

「もちろんそのつもりだ」

ふたりがかりで採寸されながら、潤はソファーに座る可畏の答えに困惑する。

イージーオーダーのスーツなど絶対に着ない可畏は、潤のスーツも当然フルオーダーで作るつもりでいた。ところが日数が足らずイージーオーダーですらギリギリと説得され、妥協して今に至っている。

つまりこの状況は不本意なはずだが、ほめちぎられる潤を見ているうちに機嫌が直ったらしい。とんでもなく長い脚を組みながら、御満悦の表情を浮かべている。

そんな可畏と、まるで愛人かなにかのように高価なスーツを贈られる自分——。

可畏との関係は経済格差も含めて受け入れてはいるものの、抵抗がないわけではなかった。

竜寄グループのクリスマスパーティーに出席するにはいいスーツが不可欠らしいが、学生の場合はどんな場面でも制服で済ませられるのが通例だ。出席自体、断ろうと思えば断れる。

「形が決まったら生地を選べ。お前の苦手なシルクを抜き、値札は隠すようにいってある」

「……いや、あの、あんまり高いと緊張して食事が喉を通らなくなるから。万が一ソースとかはねて汚しちゃっても、真っ青にならないレベルのが欲しい……です」

「いいから好みの生地を選べ。他にも決めることが山ほどあるぞ。背裏と袖裏の生地、ボタン、シャツの襟袖の形と生地、カフスにネクタイ。それが終わったら靴屋に直行だ」

「靴は合皮じゃないと無理だから」

「合皮で最上のものを作るよう話を通してある」

「——はあ、もう……ありがたいけどもったいない。俺まだ高校生なのに」

「俺もだ」

「わかってるよ！」

生地による価格差がわからないよう細工されたカタログを前に、頭をかかえたくなる。

あまり嫌そうな顔をするとテーラーに失礼なので観念したが、価格で選べなくなった以上、好みに走りつつ庶民育ちのチープな感性に頼るしかなかった。

用事を済ませて帰路についたリムジンの中で、可畏が思いだしたようにククッと笑う。

なにを考えているか察した潤は、今度こそ本当に頭をかかえたくなった。

「――う……よりによって一番高い生地を選ぶなんて。俺、なんなの？　馬鹿なの？」

「見る目があるってことだろ、自信にすりゃいい。実際お前に似合いそうな柄だった」

「俺さ……もうちょっとこう、可畏と普通のつき合いがしたいんだよな。竜人と人間だし、男同士ってだけで普通じゃないのわかってるけど、せめて他の部分では普通に……」

「たかがスーツ一着作るのがそんなに嫌か？」

「嫌とかじゃないけど……たかがってほど軽いものでもないんだよな。あ……でもスーツにはあこがれがあったし、ボタンホールの色まで自分で決めるのは面白かった。なかなかできない経験させてもらって感謝してる」

「今回は時間的に断念したが、次はフルオーダーにする。お前のためだけの完全な一着だ」

「いやいや……生地から選ぶってだけで十分すごいし、これ以上なんて想像つかないから」

「着てみれば違いがわかる。ところでスーツにあこがれてたのか？　初耳だな」

「え、そりゃカッコイイし……あこがれるだろ、ふつう。俺の父親、早くに死んじゃったけどいろいろ憶えてることもあってさ。一緒にスーツを買いに行った記憶があるんだ。店員さんが『手足が長くていらっしゃいますね』って、俺がいわれたみたいなこといってたのを憶えてる。ハーフだったからわりとスタイルよくて……実はちょっと自慢の父親だったんだ。スーツ姿、カッコイイなって思ってた」

「お前の父親だけあって美形だったたな。確かにスタイルがよさそうだった」

「あ、うちにあった写真見た？　性格も明るい感じで、俺より金髪に近くて背も高くてさ」

可畏の前でほめることができる唯一の男である実父について語りながら、ふと、可畏の父親クリスチャン・ドレイク博士の姿を思い浮かべる。

もやがかかった記憶の中の故人と比べると強烈なインパクトを持つ男だが、父親という肩書を持っているあたりはどちらも同じだ。

「可畏のお父さんほど長身じゃなかったし、強そうでもなかったけどな」

「奴のスーツ姿は滅多に見ないな。白衣ばかりだ。たまに悪夢に出てくるが、決まって派手なカラーシャツと白衣姿で無精髭を生やし、ふざけた顔をしてやがる」

「うーん、でもオジサンの場合はそれが仕事着だし。俺と同じで、父親の戦闘服が記憶に刷り込まれてるってことだろ？　そういうの、悪くない気がする」

「──……」

ボリュームのある肘かけを使って頬杖(ほおづえ)をついていた可畏は、なにもいわずに苦笑いする。

くいくいと指を引いて呼ばれたので、機嫌を損ねたわけではなさそうだ。

「俺の戦闘服は裸だな」

「なにそれ、どういう意味？」

可畏の隣に移動すると、制服のネクタイをほどかれる。

シュッと音を立てて襟から抜き取られると同時に、腰を抱かれた。

そのまま顔を寄せられ、ついばむようなキスをされる。

「……あ、体に自信あるから？『私、脱いでもすごいんです』的な？」

「そういう意味じゃねえ」

「わかった。暴君竜になって戦うときは裸だからだ」

「それも一つだ」

前髪が触れ合う距離で見つめられ、いわんとしていることを察する。

虹彩に血のような赤が交ざった目に、その手の艶っぽい光が差していた。

恋人に服や靴を贈る行為は、想像以上に満足度の高いものらしい。

「じゃあ、もう一つは……夜の戦場がベッドだから？」

「そこに一番力を注いでるのは事実だな」

「ベッドの中なら二十四時間戦えそうだもんな」

「お前ほんとに十八か？　ネタがいちいち古いぞ」

「最近パロCM見て元ネタ知ったんだよ。可畏だって同い年のくせに知ってるじゃん。つーか、ここ車の中なんですけど。ほんとエロエロで節操ないっていう……か、ぁ……」

肉感的な唇に言葉をさえぎられながら、黙って目を閉じる。

直前に見た可畏の表情は、いつになく甘いものだった。

こんな顔を目にするとほほ笑ましくなる半面、あれこれ考えないわけでもない。

可畏の恋人なのはいい、とてもいい。同級生なのもいい。それでいて愛妾（あいしょう）という立場は受け入れがたく――でも、しかたないとあきらめている自分がいた。高価な贈りものをして、いたくうれしそうにしている可畏を見ると、つまらないプライドで意地を張るのが馬鹿らしくなる。

可畏がたのしめることに、素直につき合うのが愛情なのかもしれない。

「ん……っ、ぅ」

リップ音の立つキスをしながら、制服のシャツのボタンを外される。

乳首に直接触れられると、キスだけですでに反応していることを自覚した。

可畏にエロエロといったのは、ブーメランだったなと反省する。

セックスはひとりではできず、可畏の相手は自分だけだ。

最初は無理やりされていたが、最近は自分のほうから誘ったり乗っかったりすることもある。

愛を確かめ合うとか、お互いを求め合うといった表現がぴったりな行為になっていた。

「スーツ姿のお前をひんむくのがたのしみだな」

「うわぁ……たのしみなの、そこ？」

「服を贈るのは脱がせるためっていうだろ」

「オ、オヤジくさい発想……しかもなんかバブルのにおいが……。だいたいさ、スーツなんて今めずらしいってだけで、就職したら毎日着るんだぜ。満員電車でヨレヨレだったり飲み会で酒くさかったり汗くさかったりするんだろうし、絶対食指動かないって」

「――就職？　満員電車？　誰の話だ？」

乳首をつまんでいた可畏は、ぴくっと手を止める。

その前に眉を寄せ、地雷を踏み抜かれたような顔をした。

「え、あ……や、具体的に考えてるわけじゃないけど、大学を出たら就職かなって……」

「お前は竜王の妃になるはずだ。俺のところに永久就職すると決まってる」

「永久就職って、それこそいつの時代の言葉だよ。俺は一生、可畏の囲われ者なわけ？」

可畏の怒りに押されかけた潤は、むすっと頬をふくらませる。

可畏が竜王の中の竜王になったら、王妃のように一緒にいると誓ったのは事実だが、本当に王妃になって玉座に座るわけじゃない。自分は自分で、抱かれる立場でも男は男だ。スーツを着て働きたいとか、名刺を持ってみたいとか、初任給で親になにか買ってあげたいとか、現実的な夢をいだいても罰は当たらないだろう。

「いずれ俺は竜嵜グループの総帥になる。お前はスーツ姿の王妃になれ」

「なんかそれ、よくわからないんですけど……」

「将来のことは大学に入ってから考えればいい。俺たちにはまだ時間がある」

「……うん、それは確かに」

やけに真面目に語る可畏の言葉に、なんだかくすぐったくなる。

当たり前にふたりの未来が続く前提で話しているのが、妙にうれしかった。

結局のところ自分は可畏が好きで、一緒にいたくてしかたないんだと思い知らされる。

「可畏の近くで働くとか、悪くないな。セクハラのにおいがプンプンするけど」

「その期待には全力で応えてやる」

「結構です。期待してませんから」

きりっと鋭い顔で拒否してみたが、すぐにシートに押し倒される。

ふたりともまだ十八歳で、将来どうなっていくのかはわからない。わからないが、とにかく一緒にいたいと思う。そう願えることが、今はなにより幸せだった。

シンデレラの妹

「お兄ちゃんを誘ったら竜嵜（りゅうざき）さんまで来てくれるなんて、ほんと役得っていうか超贅沢（ぜいたく）」

潤（じゅん）の妹――澪（みお）は、兄とその恋人と一緒にアウトレットモールを歩きながら、羨望の眼差（まなざ）しに満悦する。

兄が日本有数の企業グループの御曹司に見初められたことで、澪は母親とともに安全性の高い豪邸に引っ越すことになり、そのうえ電車通学からも解放された。運転手つきの高級車でボディーガードとともに登下校する、たなぼたシンデレラガールだ。

あまり大きな声ではいえないが、澪は自分とは似ても似つかない兄とのデートを趣味にしている。日本人らしい母親似の自分とは違い、兄はハーフの父方の血が強く出た容姿で、一緒に歩くとカップルと間違われた。誰からもうらやましがられるので最高に気分がいい。

「満足してるならいいんだけど、お前の目的は俺を彼氏に見せかけることじゃなかったのか？　可畏も一緒だと、なんかよくわかんない関係に見えそう」

「えー超わかりやすいと思うよ。実際にはオマケだけど、知らない人から見たら女のアタシがモテモテに見えるはずだし、タイプの違うイケメンふたりに想（おも）われてて、表面上は友だちみたいな感じで……アタシはふたりの気持ちに気づいてるんだけど、今の関係を壊したくないから答えを出せなくて悩んでる、みたいな？　やだぁ、もう最高なんですけどっ」

「その設定、俺的には全然面白くないんですけど」

「俺的にも面白くねえな」

半日で脱力感を示す潤に続いて、可畏まで苦々しく笑う。

つき合っていても人前ではあまりベタベタしないふたりだが、最初に会ったときよりも親密度が増していて、息もぴったり合っていた。

「お兄ちゃんはともかく、竜嵜さんまで意地悪いわなくたっていいじゃないですか。もちろんほんとは脇役だってわかってますよ。ふたりがアタシを取り合うわけないし。あ、でも、少女漫画にはそういうパターン多いんですよ。平凡なヒロインがとんでもないイケメン集団にいい寄られる逆ハーとか王道なんで、そんな『あり得ねー』って顔しないでください」

仲がよすぎる潤と可畏に向かって、あえて不満そうな顔をしてみせる。

可畏のおかげで痴漢の多い満員電車に乗らなくても済むようになり、いい思いもしているし、そうでなくともふたりを応援しているが、それなりにさみしい思いもしている。

母子家庭のため男手がなくなってしまったうえに、料理上手で基本的に優しくて、母と娘のマシンガントークを受け止めてくれる兄がいないと不便も多いのだ。

――ママのことお兄ちゃんに愚痴れないから直接対決になっちゃって、喧嘩するると長引くし。竜嵜さんが真剣なのはわかるけど、なにも今からお兄ちゃんをひとり占めしなくたっていいと思うんだよね。ふたりともまだ高校生なんだし。

一九〇センチの長躯と、野性味のある目と完璧に整った顔を持ち、なにより兄に惚れ込んでいる可畏に対して――好意を持っているしあこがれすらいだいている。でもやっぱり兄が一番好きなので、「たまに会ったときくらい、ふたりともちょっとはアタシに気を使ってよね」といいたくなってしまう。いうとウザがられるのでいわないが、思わずにはいられない。

「おい、あの服……お前に似合うんじゃねえか？　好み的にも合うだろ」

むすっとうつむいていると、可畏の声が聞こえてくる。

どうせ、お兄ちゃんのことしか考えてないんでしょ――と思いつつ、可畏が兄にどんな服を薦めるのか興味があった。兄に似合う服や好みに関しては、長年一緒に暮らしてきた妹として把握していて、可畏に負けない自信がある。

「え、あ……あれ？」

制服姿で潤と並んでいる可畏が指さしていたのは、マネキンが着ている春物のセットアップだった。よく考えたらここはレディースフロアだ。可畏が選んでくれたのは、兄の服ではなく自分の服に間違いない。

「うわ、可愛い。すごい可愛い。確かに好きかも！　なんか、品がいい感じ？」

春物の新作服は、処分セールが始まっている冬物とは別格という顔をしている。

もっとも目立つ場所に堂々と置かれていて、旬の商品ならではの輝きを放っていた。

「一万二千円か……う、うーん……予算オーバーだけど、御年玉も足せば、なんとか……」

「澪、一桁違う。十二万だよ、それ」

「え……っ、えぇ⁉」

兄の言葉にまさかと思い、ガラスの向こうのプライスキューブに目をこらす。

改めて見ると確かに、税込み十二万円のセットアップだった。すべて一桁読み違えていたが、トップスとスカートだけでその値段で、マネキンがさりげなく羽織っている水色のスプリングコートや、ショートブーツ、アクセサリーなど……どれも手の届かない高価な品ばかりだ。

「こんなん誰が買えんの？」

頭にきて悪態をつくと、「俺が買ってやる」と答えられる。

兄ではなく可畏の言葉だった。

「な、なにいってるんですか、竜嵜さん。家のこととかボディーガードさんとか、安全に絡むことはしかたなく頼るけど、それ以外では頼らないって約束になってるんですよね？　それにアタシまだ高一だし、こんな高い服とか分不相応ですから」

「試着してみろ。俺が見て似合うと思ったら全部まとめて買ってやる。似合うってことは身の丈に合ってるってことだからな」

「え、それは違うでしょ……っていうか、お兄ちゃんなんで黙ってんの？」

原則として可畏から金銭的な援助を受けたくないというスタンスは、母親の渉子（しょうこ）も兄の潤も同じはずだったが、なぜか兄は反対せず、困り顔で見ているばかりだった。

「うん……なんか、可畏がお前にどうしても御年玉をあげたいらしくて。ほんとは着物とかをプレゼントしたかったんだって。でもほら……母さんにすぐ値段がバレそうな着物とか、ハイブランド品はまずいし、こういう知る人ぞ知るブランドの、センスのいい服がいいんじゃないかって話になって。いくらなんでも高すぎるとは思うけど……」

「そうだよ、高すぎるよ。それに、御年玉って二歳差の男子高生からもらうもの？」

「可畏にも思うところがあるんだよ。俺も最初は反対したんだけどな」

「お兄ちゃんがいいなら、アタシは普通に甘えちゃうけど……っていうか、これで試着室から出てきた途端、『似合わない、やめた』って竜嵜さんにいわれたらショックなんですけど！」

試着のためにスタッフを呼ぶ可畏の隣で、よろこびとはいいきれない興奮に揺れた。

好きな服を買ってもらえるのはうれしい。

とてもうれしいが、母親に秘密なのはすごく後ろめたい。

正直に話せば母親のプライドを傷つけるし、争いを生む。かたくなに拒むと可畏にも兄にも悪い気がするし、新しい服がほしい欲求もある。

「──想像通りだ。スタイルがいいからよく似合う」

悶々（もんもん）としながらも試着を終えると、真っ先に可畏にほめられた。

続いて女性スタッフからもほめられ、兄からも「いいと思う」といわれる。

セットアップだけで十分ですと遠慮したものの、結局は一式そろえてプレゼントされた。

会計が終わって商品を受け取ると、なぜか兄だけがスーッと離れていく。

見えるけれど声は届かないくらいのところに行ってしまった。

どうやらあらかじめそうすることになっていたらしい。

「渉子さんには一桁くらい誤魔化しておいてくれ。本来はあまりいいことじゃない」

「はい、わかってます。本当にありがとうございました。でも、どうして急に？　竜嵜さんがセレブなのは知ってるし、買ってもらえるとうれしいことはうれしいんですけど、期待してるわけじゃないんですよ。なんか、いやしい子だと思われるのは嫌なんですけど」

「そんなこと思ってない」

即座に否定した可畏は、なにかいいたげな顔をする。

周囲の人々の視線を集める類稀な容姿を持ち、竜嵜グループの後継者という恵まれた立場にあるにもかかわらず、一介の女子高生を相手に言葉を選んでいるようだった。

「──大学に上がったら、潤が戻ってくると思ってたらしいな」

「あ、はい……だって竜泉はうちから通える距離だし、高校は全寮制だからしかたないけど、大学はそうじゃないでしょ？　だから普通にまた、三人暮らしに戻ると思ってました」

可畏が御年玉をあげたいといいだしたのはなぜなのか、金銭的な援助をなるべくさけたがる兄が、どうしてそれを認めたのか。可畏のわずかな言葉から、ふたりの間にあったやり取りを察した。正解とはいいきれないが、なんとなくわかった気がする。

「渉子さんには理解してもらったが、俺は春になっても潤と暮らしたいと思ってる。悪いが、家には帰せない」

「はい……そのことで実はママと喧嘩したんですけど、ほんとは納得してるんで大丈夫です。お兄ちゃんとママが、アタシにはなんの相談もなく決めたのがムカついただけなんで」

「――それだけじゃねえだろ？　潤がいる生活からいない生活になって、それがさらに続くとわかったら、喪失感は筆舌につくしがたいものがあるはずだ」

やめてよ、ハッキリいわないでよ――心で返しながらも、なにもいわなかった。

二つしか離れていない兄妹なので、一緒に暮らしていたころはしょっちゅう口喧嘩もしたし、べったりと仲のよい兄妹だったわけではない。

だから、「お兄ちゃんがいなくてさみしい」なんて、恥ずかしくていえないけれど、図星を指されると涙腺がゆるみそうになる。

「潤がいないさみしさを、金に換えられないことくらいよくわかってるつもりだ。たぶん死ぬほどわかってる。けど、俺には潤との時間を減らすことはできねえから、他のもので補塡するしかねえ。なにか欲しいものがあったらなんでもいえ。困ったことがあったら俺を頼れ」

「竜嵜さん……」

「潤の妹は、俺の妹でもある」

軽く叩くように肩を抱かれると、今度こそ涙が出そうになった。

それでもこらえて、どことなく照れくさそうな可畏の顔を見上げる。

この人は本当にお兄ちゃんが好きなんだなと、改めて思った。

動物の感情を読み取る力を持っているせいで、兄はベジタリアンとして生きるしかない。普通は平気なことがダメだったり、見た目がよすぎて苦労したりと、なにかと大変な人なので、可畏の愛情や理解がとてもうれしかった。

「……もう少し、お兄ちゃんをうちに帰してください。一緒にいる時間を減らしたくないなら、竜嵜さんもうちに来て泊まればいいじゃないですか。大学生のほうが自由そうだし」

最後まで泣かず、わざと不貞腐れた顔などしてみせる。

それで正解だったのか、「そうさせてもらう」と笑い返された。

「――約束ですよ」

念押しは一言のみにしたが、「どうかこれからもお兄ちゃんを大切にして、悪い人たちから守って、絶対に幸せにしてくださいね」と、いいたい気持ちが胸の底から込み上げる。

しかしいわない。やはりストレートにいうのは恥ずかしいし、わざわざ口に出さなくても、彼が兄のために精いっぱい頑張ることはわかっていた。

眠り竜を飼いならせ

『やめて！　やめてください！』

昨日まで、いくらか頼りになる兄のような存在だと思っていた仲間が、突然牙をむいて襲いかかってくる。

『どうか正気を取り戻してください！』

私は彼の脳に訴え、島中を必死で逃げ回った。

人間のときは空を飛べるのに、恐竜化すると飛べない私は逃げ足が遅い。人間に戻って飛びたくてもすぐには戻れず、背中を咬まれて踏みつけられると身動きが取れなくなった。

牙が食い込む痛みに気が遠のいていく。

私の人生は今日で終わる――たった八年で死ぬ運命なんだとあきらめかけた瞬間、ズゥン、ズゥン……と大地が揺れた。

『僕のリアムに手を出すな！』

壮絶な地ひびきとともに、クリスの怒号が脳に届く。

一度も耳にしたことがない、すさまじい咆哮も聞こえてきた。

『クリス！』

恐竜になった彼の姿を見たのは初めてで、私は痛みも忘れて見入ってしまった。

中生代から受け継がれてきた恐竜遺伝子を持つ竜人は、全身の細胞に水分を取り込むことで巨大化し、恐竜に変容できる。恐竜化は竜人にとって好ましいもので、有力な種であればあるほど恐竜化を好むものだった。それにより自尊心を極限まで高められるのだから当然だ。

でもクリスは違う。彼は竜人の法則に反する、特別な存在だった。

『リアム、無事か⁉』

『は、はい！』

ティラノサウルス・レックス竜人、クリスチャン・ドレイク——最強かつ凶暴な肉食恐竜の竜人でありながら、彼は研究者として生きる道を選び、開放的で充実した人生を謳歌(おうか)している。そのため恐竜化を必要としない彼が、私のために変容してくれた。私を助けるために——。

『クリスッ、その人は……！』

最期まで暴走し続けたキメラ恐竜が、圧倒的な強さの暴君竜によって皮や肉を食い千切られ、骨まで砕かれて絶命する。

断末魔の声がガーディアン・アイランドにひびき渡った。

私はクリスの脳に、『貴重なレアキメラを死なせていいんですか⁉』と問いかけた。

すると彼は、『君より貴重なレアキメラなんていないよ！』と、暴君竜の姿で雄叫(おたけ)びを上げながら答えてくれた。

その通りだったから、私は助けられた。

研究者の彼からすれば、よりレアな竜人を優先しただけの話だったけれど……それでも私はうれしかった。

私というキメラ恐竜を作りだし、父親として育ててくれた創造主が、私のために恐竜化してくれたこと。私のために、大切な存在を一つ切り捨ててくれたこと。

それがうれしくてうれしくて、生まれて初めて私は泣いた。

そのときまでは、養子だからこそ手のかからない子でいようと努め、いつも愛想よく笑っていたのに、一生懸命いい子でいたのに、クリスを困らせるほど泣いてしまった。

黒い表皮におおわれ、血の色の双眸を持つティラノサウルス・レックス――その雄姿を目にしたときから、私は彼に恋をしている。

＊＊＊＊＊

豪華なストロベリーブロンドに、ミルク色の肌……ラズベリーピンクの虹彩と、しなやかな長軀のキメラ翼竜、リアム・ドレイクは、新年を迎えてもガーディアン・アイランドに戻らず、竜泉学院の寮に残っていた。

日本の文化を学ぶために、元は洋室だった部屋を和室にリフォームして掘りごたつを作り、そこを定位置にしてくつろいでいる。

「リアム様、大丈夫ですか？　先ほどから体が少し浮いているようですが」

「体どころかこたつまで浮いてますよ」

ふわふわと夢見心地でこたつ板に伏せているうちに、どうやら浮いてしまったらしい。

リアムはとりまきたちに指摘されて初めて、畳から離れていることを自覚した。

翼竜プテラノドンの遺伝子を持ち、竜人界屈指の飛行能力を誇る一方で、油断すると浮いてしまう癖がある。

「なにやら御機嫌のようですが、昨夜は縁起のいい初夢でも見られましたか？」

島から一緒にやって来たとりまき竜人の言葉に、すぐさま表情を固める。

やや斜めになっていたこたつごと、畳の上に着地した。

「なんでもない。そもそも初夢とは、元日の夜に見るものらしい。つまりまだ見ていない」

「そういうものなんですか？　では、正月早々なにかいいことでもありましたか？」

「さあ、どうだろうな。とりあえず、日本にいるからにはこたつでゆっくり、寝正月とやらを堪能（たんのう）してみたいものだ」

「こたつにはみかんが定番だと聞きましたので、寝正月のお供にのちほど調達してきます」

「それは素晴らしい趣向だが、しばらくひとりにしてくれ」

クールビューティーと評される自分らしさを意識したリアムは、とりまきたちを下がらせる。

ひとりになるとたちまち頬が火照り、顔ばかりが熱くなった。

——いいこと……あったとも。まるで昔を再現したかのように、いや、昔よりもっと特別な出来事があった。年の瀬にクリスが私を……僕の花嫁と明言してくれた。可畏や潤や敵の前で私を花嫁としてあつかって……私に手を出したレア竜人の双子に制裁を加えてくれた。それもただ単純に殺すのではなく……レアであることをなにより誇っていた彼ら——双竜王から特殊能力を奪い取り、凡庸な存在におとしめることで……死ぬより悲惨な目に遭わせてくれた。

双竜王と呼ばれていたリトロナクスの双子が持っていた能力は、レア竜人に並々ならぬ関心を寄せるクリスチャンにとって、非常に魅力的な研究材料に違いなかった。

クリスチャン自身もそれを認めていたが、彼が選んだのはリアムだ。

制裁を加えた時点で戦いの決着はついていたにもかかわらず、彼はあえて残酷なことをして、面白みのあるレア竜人を叩きつぶした。容赦なく切り捨てたのだ。

——今でも夢を見ているみたいだ。クリスが、あんなに怒ってくれるなんて……。

こたつ布団で顔を隠しながら、まぶたに焼きついて離れない雄姿を思い返す。

竜人研究者であり、ティラノサウルス・レックス竜人、クリスチャン・ドレイク——彼への慕る想いに心臓がドクドクと音を立て、今にもはち切れそうだった。

彼はマッドサイエンティストと呼ばれるほどの研究マニアで、レア竜人を作りだすためには手段を選ばない男だ。世間一般の恋や愛や、快楽に溺れる行為にはまったく興味がない。

若いころに作った可畏という名の息子がいるが、可畏の母親とクリスチャンの間には愛など微塵も存在しなかった。彼の子作りは優秀な遺伝子を後世に残すためのブリーディングにすぎなかったからだ。当然、親子の情も薄いものでしかない。

実際のところ、自分の息子の可畏と、雌雄同体のリアムを組み合わせて、新種のレア竜人を作ることに夢中だった時期もある。

その計画の邪魔になる可畏の恋人——沢木潤をしりぞけるために残酷な計画を立て、実現に向けて動いていたのはつい先日の話だ。まだ一ヵ月も経っていない。

——一度失敗してもあきらめず、可畏と私に子作りをさせたがっていたのに……。

クリスチャンは齢三十八で、強い子供を作れる繁殖期はすぎている。

そのためリアムの交配相手として息子の可畏を推していたわけだが、精子ごと若返る方法を見いだしたことで、一気に態度を変えていた。

——クリスが島に帰らず……若返りの研究に没頭してるのは私と子を生すためだと察してはいたけれど、それはただ……可畏が私を拒むからしかたなく……だと思っていた。理由はどうあれ、クリスが交配相手になってくれるなら、私はそれで十分で……。

忙しい彼と離れ、こうして少しさびしい新年を迎えながらも、過分な幸せを感じる。

そのくせ悩ましい息をつかずにはいられなかった。

元々は男として生きてきたのだから当然だ。急に雌化が進んだことで戸惑い、交尾や、孕むことそのものに抵抗を持っていた。雄として子を持つのと、自分で産むのは大違いだ。

それでも、クリスチャンの子なら産んでもいいと……むしろ積極的に産んで彼との絆を強めたいという思いはあった。あくまでもクリスチャンが相手の場合のみだ。それに限った話だ。

他の男の子供など絶対に産みたくなくて、自害して逃れようとしたこともある。

でも結局は自分の想いを打ち明けられず、次こそはクリスチャンに命じられた通りにして、信頼を取り戻すしかないと思っていた。

自分にとって彼は創造主で、神に等しい絶対的存在だが、彼にとっての自分はキメラ竜人の成功例の一つでしかない。それが彼と自分をつないでいる事実であり、身のほどをわきまえ、決して勘違いしてはならないはずだった。

――まだなにもわからないのに……身も心も浮かれてしまっている。もしかしたらあの人の特別になれたんじゃないかとか、期待すると……痛い目に遭うとわかっているのに……。

好きだといわれたわけではなく、キスすらされていなかった。

幼いころから検査のたびに足を開いて、体の奥の奥までさらしてきたが、彼は一度たりとも欲情してくれない。

――僕の花嫁……といってくれたけれど、単に交配相手というだけの意味かもしれないし、過剰な期待はあとでつらくなるだけだ。あの人のことだから、おそらく深い意味はない。甘い話であるはずがない。私はもう二度と、愚かな期待に裏切られたくない。

浮上した心が急降下して壊れるのが怖くて、舞い上がる気持ちを抑えつける。

親子のように暮らせる立場を捨てられない以上、自分からはなにもいえなかった。

すでにあきらめはついていて、いつか彼が息を引き取る瞬間までつくし、誰よりも近くで看取れるなら、それでいいと思っている。

「――ッ！」

彼がほめてくれた髪をもてあそんでいると、通信端末が鳴りひびいた。

クリスチャンからの着信だと気づくなり、脊髄反射の勢いで飛びつく。

『リアム、ちょっといいかい？ 忙しくても今すぐ来てほしい場所がある』

クリスチャンは、こちらがなにかいう前に英語で話しかけてきた。

早口だったが、やけに重みのある声だ。

近ごろの彼は、「リアムちゃん」と、日本語で呼びかけてくることが多かったので、本来の呼び方をされると緊張する。

「は、はい、もちろんすぐに行きます。なにかありましたか？」

『僕にもまだわからないけど、もしかしたら大変なことになってるかもしれない』

「大変なこと？」

『可畏と一緒に実家に帰省してる潤くんが、腹部の痛みを訴えて倒れたそうだ。年末に、リトロナクスの双子が君の血を潤くんの腹部に注射しただろう。あのあたりが痛むらしい』

「潤が……倒れた？ 私の血が、今になって作用したということですか？」

思いがけない状況に、血の気がサーッと引くのを感じる。

沢木潤が竜嵜可畏に愛されたことで環境が一変し、雌化が進む事態になったが、潤に対する悪感情はもう持っていない。ひどく犯したい衝動に駆られたこともあったが、今では友に近い関係にあった。尊敬しているといってもいいくらいだ。

種族の違いを超えて可畏への愛を貫く潤の強さと潔さは、自分にはないものだった。

「潤を救うために……私にできることがなにかあるでしょうか？」

『現時点ではわからない。僕は今から東京に戻るから、一足先に竜人病院に行ってくれ。潤くんの体に起きた異変が君の血のせいなら、場合によっては役に立つかもしれない』

「わかりました。すぐに向かいます。どうか気をつけて戻ってきてください」

『うん、ありがとう』

通話を終えるなり、リアムは息を詰める。

双竜王と呼ばれたリトロナクスの双子が、殺意に近い感情をもって自分の血液を潤の腹部に注射した際、潤は拒絶反応を起こして血を吐いた。

今回ばかりは危ういかと思われたが、その前にティラノサウルス・レックス竜人やスピノサウルス竜人の血を取り込んでいた潤の体は、キメラ竜人であるリアムの血も吸収した。吐血が止まったあとは、これといった変化を示さずに事なきを得たのだ。

しかしそれから一週間も経っていない。

潜伏期間がすぎてリアムの血が作用し始め、新たな能力を得たとしても、逆に命にかかわる不調に見舞われたとしても、なんら不思議はなかった。

潤が無事でいることを祈りながら、都内にある竜人専門病院に向かう。

検査中の潤と引き合わされることはなく、可畏とともにすごすことになった。

彼の母親や祖母の趣味らしい、ピンク色や金色の壁に囲まれたロココ調の華美なひかえ室で、検査が終わるのを待つ。

「倒れたと聞いたので心配しましたが、そういうわけではなかったんですね」

「それに近いものはあった」

悪気なく発言したところ、可畏の怒りを感じたので「すみません」と謝る。

潤は倒れたわけではなく、食欲不振と胃痛を訴えただけだったが、痛がった場所はリアムの血を注射されたあたりだった。可畏の不安が一通りでないのは当然だ。

出された紅茶に手をつけず、押しつぶされそうな不安に耐える可畏を見ていると、胸が痛くなる。以前は他人の痛みなど考えもしなかったが、今はなぜか、我が身に置き換えて想像することができた。

クリスチャンにもしものことがあったら、一日だって生きてはいられない。

愛しい人の身になにが起きているのかわからない状態なら……可畏と同じようにいらだち、怒り、心臓が壊れんばかりの苦しみを味わうはずだ。

「私の血がなにか悪さをしているなら、貴方にも潤にも、本当に申し訳なく思います」

「お前が謝ることじゃねえ」

「可畏……」

「お前は潤を助けようとして負傷し、意識を失っただけだ。お前の血を勝手に吸い上げ、潤に注射した奴らが悪い」

可畏の発言は正論だが、意外なものだった。血を注射したのが誰であろうと、見境なく怒り、うらみ、関係した者をひとり残らず血祭りに上げるのが彼の性分だと思っていた。

「信じてもらえるかどうかわかりませんが、潤の身に……何事もないことを祈っています」

可畏は一瞬ちらりと視線を向けてきたが、無表情で扉のほうを見る。

その横顔は、クリスチャンと瓜二つだった。

浅黒い肌と黒い髪、知的な額と、血色のまだらをちりばめた黒い目。純白の白眼と、適度な太さを持つまっすぐな鼻筋。立体的な唇と、彫刻のように美しい輪郭。たくましい首と見事な僧帽筋に、頼もしい肩と胸。

若くしてアジアの頂点に上り詰めた最強の暴君竜――竜嵜可畏は、雄という性を完璧に具現化したセクシャルな姿を持ち、その見た目通り精力に満ちあふれている。

クリスチャンとてまだ三十八歳で十分に若いといえるが、研究や実験にこそ興奮し、肉欲が割り込む隙はない。研究の成功こそが、彼に最大最高のよろこびをもたらすのだ。

──愛する男に身も心も愛されている潤が……うらやましい。こんなに心配してもらって、お前がいないと生きていけないといわんばかりの愛情を向けられて……本当に、私と正反対の立場ですね。

扉の向こうを気にする可畏の前に座りながら、愛される側の潤をうらやむ。

より激しい愛を捧げる可畏と同調する一方で、疎外感を覚えていた。

いくらか似た立場でありながらも、可畏は想う相手に愛されて、潤とキスをすることも体をつなげることもできる。

片想いですらこんなに幸せなのに、想いが叶って相愛の身になれたなら、いったいどれほど幸せだろう。

可畏はそれを経験し、答えを知っているが、自分はまだ知らない。

今後も一生、知ることはないかもしれない。

──相思相愛のよろこび……知りたいけれど、知らないままでもいいのかもしれない。私がクリスにこれほど想われたら、きっと幸せすぎて死んでしまう。最高潮の夢の中で死ねるならそれはたぶん最高の死だけれど、そういうわけにはいかない。クリスの最期を看取れないのは、あまりにも申し訳ないから……。

養子の立場と責任を捨てられず、揺れる心を持て余す。

愛し愛される可畏のようになりたい。潤のようになりたい。

そんな欲望が湧いてきて、望んではならない夢がうずいていた。


夜も更けたころ精密検査がすべて終わり、クリスチャンと竜人医師団が、潤の異変に関する見解をまとめた。

結果は、心因性の軽い胃炎――。

昨年十二月の間に、恋人の可畏が数々の激戦をくり広げたことでストレスを感じ、人として当たり前に胃を痛めたにすぎないという結果だった。

「本当によかったです。可畏の心配は未だにつきないようですけど」

念のため今夜は入院することになった潤の病室で、リアムは可畏の行動に苦笑する。

クリスチャンが真実を隠している可能性を考えた彼は、検査結果を聞いて安堵しながらも、潤の体内を撮影した各種写真を一枚残らず自分の目で確認するといって、席を外している。

「ここだけの話、可畏はオジサンのことすごい尊敬してると思うんだけどな。ただ、ちょっと信用ならないと思ってる感じ?」

「そうなんでしょうね。とても賢明だと思います」

「リアムにまでそういわれちゃうオジサンて、人として終わってない？」

天蓋のついたベッドに座っている潤は、ププッとふきだすように笑う。

揺れる飴色の髪と琥珀色の目が印象的で、親しみを持てるぬくもりを感じる。

見た目だけで可畏を骨抜きにしたわけではないものの、やはり際立つ美少年だ。

「そもそもクリスは人ではありませんから。ただし今回の件に関していえば……嘘偽りのない事実を話していたと思いますよ」

「――ほんとにそう思う？」

潤の問いに、「はい」と正直に答える。

クリスチャンがなにを考えているのかわからないことも間々あったが、長いつき合いなのでわかることも多い。

潤の胃痛が心因性のものだと説明するクリスチャンの目には、ときめきがなかった。

もしも潤に興味深い変化が起きていたら、隠しきれないものがあるはずだ。

「そうか……まあ、何事もなくてよかったといえばよかったけど、ちょっと残念だな」

「――え？」

ピンクやフリルであふれる特別室には他に誰もいなかったが、潤は声を潜めつつ決まり悪い顔をした。

「これ、可畏には内緒だけど」と前置きして、じっと見つめてくる。

「リアムの血を注射されたことで、俺も空を飛べるようになったらいいのにって……実はあれからずっと思ってたんだ」

「……そういう意味でしたか」

「うん。スピノサウルスの血を注射されたら水の中で息ができるようになったし、翼竜の血で空を飛べたら最高だろ？　そしたらもう、可畏にあまり心配かけなくて済む」

そういって潤は切なげに笑う。

容赦のない双竜王に捕らえられ、可畏の足手まといになったときのことを思いだしながらも、無理に笑っているのがわかった。これからも可畏とつき合い続ければ、潤が狙われる可能性は高い。そうでなくとも恐竜バトルに巻き込まれることはあるだろう。

「空を飛べたらさらわれにくくなるし、俺が空に避難すれば、可畏は戦いに集中できるだろ？　なにもできないならせめて、邪魔だけはしたくないって思ったんだ。だから……リアムの力が欲しかった」

「そうでしたか。残念ながらその望みは叶わなかったようですが、近くにいるときは私が空に連れていきますから大丈夫ですよ」

「リアム……」

「約束します」

潤の目を見据えて両手を握ると、おどろくほど強い力で握り返される。

元より敵対する必要はなく、今はもう、クリスチャンが可畏の味方でいる限り、彼らの側で力をつくすつもりでいた。

キメラ翼竜でありながら、一応獣脚類に分類される複雑な体を持っているため、戦闘能力は低い。でも役に立てることはある。潤を空に避難させること――それが可畏にとってもっとも重要だということは心得ている。

「ありがとう。すごい、安心した」

「私も……君の体に妙なことが起きていなくて安心しました。腹痛で倒れたと聞いたときは、つわりでも起こしてるんじゃないかと、つい疑ってしまったんですよ」

「――え？　つ、わり？」

「なにしろ私は雌雄同体ですから。私の血液を注射されたことによって君が雌化して、すでに妊娠している……なんてことになっていたら大変だと思ったんです」

その可能性を少しも考えていなかったのか、潤は目を丸くする。

雌雄同体の自分としては、考えないことのほうが不思議なくらいだった。

「や、それは……それは、ないだろっ、絶対。俺は人間だし、生まれつき男だし」

「そうですよね。私は雄寄りだったとはいえ、生まれたときから雌雄同体でしたから。環境によって雌化が進んだのは……不本意ですがしかたありませんが、君の場合は雌要素が最初からゼロですし……まあ、ないでしょう」

自分の血により、潤が受胎能力を得る可能性はゼロではない気がしつつも、ゼロに限りなく近いとは思っている。

「今のは冗談です」と、潤の手を改めて握った。

それによりふたたび安心したのか、潤はふっと肩の力を抜く。

困惑顔から一転――好奇心をあらわにした、いたずらっぽい顔をした。

「子供といえば、オジサンと上手くいってるみたいでよかったな。なんかラブラブだし」

「……そう、見えますか?」

「うん、見える見えるっ。オジサンがリアムを見る目がガラッと変わったよな。若返る研究に夢中になってるのも、子作りのためだろ?」

潤のいう通り、子作りに対しては前向きなクリスチャンの言動を思い返す。

複雑な気持ちは隠して、「そのようです」とだけ答えた。

受胎能力とは無関係に可畏に愛され、満ち足りている潤に対して、実はキス一つしたことがないとは、とてもいえなかった。

万全を期すため潤の検査入院につき合うことになったリアムは、与えられたゲストルームで入浴を済ませた。

乾かすのに手間がかかる長い髪にドライヤーをかけて整え、男性として十分な身丈と筋骨に恵まれた体をベッドに沈めた。

妙に人肌恋しい夜で、ひとり寝がつらい。

昨年の秋ごろまでは、雌雄同体であることを半ば忘れて、男として生きていた。

有力な竜人らしく、草食竜人の美少年を抱いて欲望をまぎらわせることも普通にあった。今だってその気になればひとり寝を避けられるけれど、もはやそんな気にはなれない。

欲しいのはクリスチャンのぬくもりだけで、それが手に入らないなら眠りたい。

早い時間にベッドに入り、彼のいる夢に逃げ込む習慣がついていた。

「――リアムちゃん、ちょっといいかな?」

「……っ、はい!」

思いがけず声をかけられ、すでに夢の中なのかと疑いながら飛び起きる。

クリスチャンの声に無意識に答えて扉を開けると、白衣姿の彼が立っていた。

「クリス……どうか、しましたか?」

「ああ、いや……なんというか、少し話しておきたいことがあったんだ」

自信家の彼にしては歯切れが悪く、表情も目の動きも普段とは違っていた。

ただならぬ様子に、いったいなにがあったのかと不安になる。

「実は今し方、可畏が僕の部屋に来てね。まあ、たぶん潤くんの件で面倒をかけた御礼とかの意味だと思うんだけど、先日の一件でリアムちゃんがリトロナクスの双子になにをされたのか、これまで黙ってたのに、急に報告してきたんだ」

「――ッ、可畏が、そんなことを？」

思いもよらなかった話に、たちまち困惑した。

可畏の発言がどういう展開につながるのかわからず、ますますあせる。

双子に拉致されていた間のことに関しては、意識を失っていたために不明な点が多々あり、船内の状況を録画したデータは可畏が早々に始末したため、詳しいことは知らない。

少なくとも犯されていないことはわかっていたのと、あの双子に対しクリスチャンが鉄槌を下してくれたことで幸福感を得られたので、自分としてはそれでよしとしていた。

「可畏は、ああいう子だからストレートにはいわないけど、どうやら、リアムは犯されてないから安心しろ……みたいなことを、いいたかったようだね」

「……ッ、クリス、貴方は……私が……あの双子に犯されたと思っていたんですか？」

まさかと思って訊くなり、胸のあたりがきしみだす。

犯されたと思われていたなら、それはすぐさま否定したい誤りだった。

「いやいや、そういうわけじゃなくて」

クリスチャンは首を横に大きく振り、さらに手振りも加えて否定する。

「……では、なぜ……」

「そこまでされてないことはわかってたよ。だから……いまさらだったのに、僕は可畏の話を聞いてホッとしたというか、肩の力が抜けて、だけどやっぱり頭にきたというか……なんとも不思議な感覚を得たんだ。それを君に話しておきたくて」

「――不思議な、感覚？」

「おかしいよね？　人型のまま犯される分には、君が受胎する可能性はゼロに近い。つまり、君が犯されても実害はないってことで、理論的にはさまつな出来事のはずなのに、僕はなぜか、あの双子が君の裸を目にしたことすら許せなかった」

「……ッ」

「不思議な話だろう？」

クリスチャンの言葉に、やはりこれは夢ではないかと疑ってしまう。

彼は研究や実験のことしか頭になくて、普通の人間のようなふわふわしたことをいう人ではない。ないはずだから――あまりにも自分にとって都合がよすぎて、現実味がなかった。

「話しておきたいのは、それだけなんだ」

これまで一度も見たことがない、まったく知らない表情が目の前にある。

視線を少し外し、顔を斜め横に向けたまま、彼は無精髭だらけの顔で笑った。

浅黒い肌に赤みが差して見えるのは、気のせいだろうか。気のせいに決まっている。

「クリス……」

「寝入りばなに起こしたようで、悪かったね」

「い、いえ……全然、あのッ」

「じゃあ、おやすみ。なんでも今夜見る夢が初夢らしいから、さいさきのよい夢を」

「……は、はい」

クリスチャンはそういって、頭に手を伸ばしてくる。

幼かったころとなにも変わらず、ぽんぽんと、子供をほめるようになでてくれた。

「お、おやすみ、なさい。よい夢を……」

ぎごちなく言葉を交わし、それ以上なにもいえずに彼を見送る。

廊下に消える白衣の背中を見ているだけで、めまいがするほどの熱に浮かされた。

――クリス……今のは……。

やはり夢でも見ているのだろうか。

そうだ、夢の中にいるに違いない。

これがもしも夢ではなく現実なら、たぶん心臓が止まってしまう。

だからあまり深く考えず、期待せずに……さいさきのよい初夢ということにしておこう。

現実として受け止めるには、勇気と覚悟と、少しの時間が必要だった。

恐竜王と薔薇

深夜、蛟はスピノサウルスの姿で大魚を食らい、海底で眠りにつく。

島に帰る時間は週ごとに変わる決まりで、大勢が一度に戻らないよう調整していた。

今週は空が白み始めたあとに浮上するグループだ。

霧影島の近海で人型に戻り、近くに密漁者がいないことを確認する。

崖から垂らされている縄梯子を上がった。

庭先でシャワーを浴びて水気を飛ばすと、乾いた髪が真冬の風に煽られる。

夢のようだった日々は終わり、家に帰っても潤はいない。

この島にいることに不本意な顔をしながらも、「おかえり」といって、温かい味噌汁と炊き立て御飯で迎えてくれた潤には、もう二度と会えない。

いつかまた会うことがあっても、それは可畏のパートナーとしての彼であり、身も心も遠い存在だ。そもそも最初から可畏のパートナーにすぎなかったのだが、現実に変えてしまった夢は甘い。わずか数日でも喪失感は大きかった。

「おかえりなさい、蛟様」

「海王様、おかえりなさい。御飯もうすぐできますよ」

浴衣に袖を通して縁側から家に上がると、台所に仲間が立っていた。

バリオニクス竜人の涼介と、モササウルス竜人の海彦がエプロン姿で包丁を手にしている。

「……ただいま。どうしたんだ急に」

「俺たち今週は早上がりなんで。マグロとっ捕まえて学校の調理室で解体してきました」

「——マグロ……」

「蛟様の大好物のマグロです。一番いいとこ持ってきたんで座っててください」

「勝手に台所使ってすみません。今ちょっと荒れてますけど片づけますから」

「ありがとう……片づけは俺がやる」

「いやいやいや」

体格も顔立ちもごつい印象のふたりは、日焼けした腕を振るってマグロを切っている。

大鍋にはカニが大胆に放り込まれていて、汪束家秘伝の味噌が出番を待っていた。

ふんわりと優しい酢のにおいもする。どうやら酢飯が出てくるらしい。

「今週は小六の面倒を見る番だった。なんか楽させてもらって悪いな」

「いいんですよ、そもそも海王様を当番シフトに入れてること自体おかしいんだし」

「おかしくはないだろ。群の主なんだから」

浴衣姿で座卓に着き、土間に立つふたりの背中を見つめる。

仲間に心配をかけないよう気をつけていたものの、いつの間にか子供の面倒を見る当番から外され、日の出寸前まで寝ていられるもっとも楽なシフトに変えられていた。

――俺のワガママに巻き込んで迷惑かけたのに……。

暴君竜、竜嵜可畏が空から落ちてきた際の衝撃で校舎のガラスは一枚残らず割れてしまい、みんなで片づけたり、久しぶりに外から業者を呼んだり、なぎ倒された樹木や家屋の後始末をしたりと、恐竜戦が島に残した爪跡は大きかった。過去形ではなく、作業は今日も続く。

死者こそ出なかったものの大変には違いないのに、誰も文句をいわず、オンボロ校舎の補修工事ができてよかったと、笑い話にまでなっていた。

竜人研究者、クリスチャン・ドレイクに水竜人の秘密をさらして生き長らえる件についても、蛟の選択に異を唱える者はいない。

「はい、お待たせしました。超豪華、グラデーション薔薇寿司です！」

暗い顔をしないよう注意して待っていると、漆塗りの大きな器が運ばれてきた。

涼介も海彦も満面の笑みを浮かべている。いわゆるドヤ顔と呼ばれるものに近い顔だ。

「薔薇寿司？　あ、ほんとだ。薔薇に見える」

黒い漆椀には、酢飯と海苔と錦糸玉子が敷き詰められ、その上に三つの薔薇が咲いていた。

どれもマグロを使っていて、白に限りなく近い大トロから鮮やかな赤身まで、切り身を花びらに見立てて重ねてある。隣に置かれた味噌汁の中にはカニ身が横たわり、小皿に用意されたワサビは下ろし立てのものだった。

「すごいな。こんなに器用だったか？」

「海王様ほどじゃないですけどね、その気になれば朝飯前です」

「ありがたくいただくけど、食べるのもったいないな」

「遠慮なく崩して食べちゃってください。蛟様のためならいつでも作りますんで！」

「ハッキリいって、こんなのジュンジュンがいたら食べられませんからね。海王様がさみしがることなんかないいんです。食の好みが合わないカップルは長続きしないらしいですよ」

「そうそう、ベジタリアンの人魚姫とか、ナイナイ。魚スキーな姫を見つけましょう」

潤のパートナーは肉食竜人なんだけどな……と思いつつ、蛟は箸を手に取る。

スピノサウルスの姿でマグロを食べてもさほどおいしいとは思わないが、人の姿で味わうマグロは頬が落ちそうなほどおいしかった。トロが舌の上でとろけ、醤油や鼻を刺激するワサビの香りがとてもいい。錦糸玉子や海苔もおいしく、マグロや酢飯の味を引き立てていた。

「——メチャクチャうまい」

心から放った感想に、海の男然としたふたりは「最高でしょ」と身を乗りだす。

そうかと思うと、どこで入手したのかサーフボードのカタログやハワイ旅行のパンフレットを出してきて、座卓の上にずらりと並べた。

「校舎の修繕が終わったらドレイク博士の研究所に行くんですよね？　きっといろいろ調べられて不快なこともあると思うんで、気晴らしにサーフィンでもやってきてください」

「サーフィンか……しばらくやってなかったな」

「こんなときくらい遊ばないと気が滅入るでしょ。新しいサーフボード買っていい波に乗って、ワイキキビーチで人魚姫になれそうな金髪美女を見つけるんです」

「蛟様がパートナー見つけて幸せになってくれないと、俺たち死んでも死にきれません」

「——……」

ふたりの顔を見ていられなくなり、薔薇寿司をさらに崩して大きめの切り身を頬張る。

必要以上にワサビをたくさんつけたのは、涙腺のうるみを押しつけるためだった。

つんと走る刺激に「辛っ」と顔をしかめて、鼻と目元を手のひらでおおう。

——なにもかも失ったわけじゃない。まだ、仲間がいる。

クリスチャン・ドレイクをどこまで信じていいのかわからず、ガーディアン・アイランドに行くのは怖い。これから先のすべてに対して不安も迷いもある。

けれど今はひとりではなく、仲間に恵まれている。

諦念で占められた頭で先を憂い、さみしいと嘆きながら罪を犯す前に、もっと必死になってありとあらゆる可能性にすがりつくべきだった。

「海王様、大丈夫ですか？　ワサビつけすぎたんですか？」

「……ん、つんときて泣けてきた」

目をこすって苦笑すると、涼介と海彦も笑う。ふたりの目もうるみだし、「ワサビのせい」「ワサビのせい」と、口をそろえて呪文のように唱えていた。

＊＊＊＊

霧影島から戻って三日が経ち、潤は自室のベッドでのんびりとした朝を迎えていた。

今日はクリスマス前の祝日を利用して、リアムや可畏の側近たちに三時のおやつを振る舞う予定になっている。支度を始めるのはまだまだ先だ。

寮には立派な食堂があって腕のよいシェフがいるため、自分がやろうとしていることが自己満足だという認識はある。しかしそこは気持ちの問題で……少しだけ得意としている分野で、彼らに詫びや礼がしたくてしかたなかった。

蛟にさらわれて行方不明になっていた間、睡眠障害や摂食障害を起こしていた可畏を相手に、彼らがどれだけ苦労したかは想像にかたくない。

——以前作ったアボカドのパンケーキは好評だったし、ホットプレート出して一気に作って、ちょっと豪華にしてみよう。生クリームOKな人が七人、NGが九人。あとは……リクエストもらった薔薇のサラダと、塩キャラメルとアーモンドのホットサンド。材料は多めに用意してあるから大丈夫だよな。足りなかったら食堂行けばもらえるし……。

濃厚なホイップクリームをたっぷり盛った淡いグリーンのパンケーキを想像しながら、頬や口元をゆるませる。

生餌のユキナリの強い希望で食用薔薇を取り寄せたので、それをクリームの上に散らしたら綺麗だろうな……と考えていると、不意に手首を引っ張られた。

「――ん？　あれ？」

カシャンッと音がすると同時に、肌が冷たいものに触れる。

手首を捕らえていたのは金属製の手錠だった。

「可畏、またこんなのして」

「お前が起き上がりそうな気配を感じた」

「そりゃいつかは起きないと。祝日だからってそんなにごろごろしてられないだろ？」

同じベッドに横たわりながら本を読んでいたはずの可畏は、問答無用で手錠の片方を自分の手首にはめる。

もはやめずらしいことではなくなっていたが、こうして手と手をつなげられるたびに、心にまで鎖をかけられた気分になった。悪い意味ではなく、可畏につなぎ止められているのがうれしい。

「またつながれちゃったな」

「いっそ手乗りサイズにして肩にでも乗せておきてえな」

「俺をミニチュア化するより可畏が変身すればいいだろ。そしたら頭か首あたりに乗れるし」

「俺がいいたいのはそういうことじゃねえ」

おおいかぶさる可畏を見上げつつ、恐竜化した姿をイメージする。

戦闘時ばかり見てきたが、場所さえ選べば可畏はいつでも恐竜化できる。

機会があればぜひもう一度、ティラノサウルス・レックスの頭に乗りたかった。

「冬休みは南の島にでも行くか。竜ヶ島(りゅうがしま)もガーディアン・アイランドも御免だが、竜人所有の島は他にいくらでもある」

「え、マジ？　そしたら頭に乗っていい？」

わくわくと身を乗りだすと、仰向けのままコツンと軽い頭突きを受ける。

どうやらうなずきのようだ。

「やばい、超うれしい。最高のクリスマスプレゼントだなっ」

「そんなもんでいいのか」

「うん、だってすごいことだろ？」

潤が笑うと、可畏は満足げな顔で口角を上げる。

そのまま首筋に顔を埋め、頸動脈(けいどうみゃく)の上に唇を寄せてきた。

「……ぁ、可畏……」

「──ん？　うん……声に出てた？　薔薇は薔薇でも食用のやつ。わりとまともに食べられる大きいのがあるんだな。リクエストされるまで知らなかったし、味見もしてないけど」

「さっき薔薇がどうとかブツブツいってたな、取り寄せたやつのことか？」

「見た目がいいってだけで、特にうまいもんじゃねえぞ」

「やっぱ雰囲気重視かな？　今日作るアボカドパンケーキに生クリームをそえて……その上に散らそうかなって考えてた」

語りながら身をよじらせると、可畏は新しいいたずらを思いついたような顔をする。

にんまりと笑って目に光を走らせ、潤が着ていたガウンの胸元を開いた。

「……あ、ちょ……待っ……」

「――ッ、ン……」

左胸の突起をいきなり強く吸われ、全身がびくつく。

快楽の伝達速度は極めて速く、脚の間はもちろん後ろまで反応した。男に抱かれる体として可畏の手で拓かれた体は、自分ではどうにもならないほどいやらしく過敏になっている。

「な、なにを急に……そんな、ァ……！」

いつもの流れで性器に触れられるかと思いきや、可畏は手を使わなかった。

ひたすら乳首ばかりを責めてくる。男のそれとは思えないほどとがって艶めく先端を舌先で弾いては吸い、歯列を軽く当ててかじる。

「ふあ、ぁ……ッ、ん……」

我慢できずに利き手を股間に運ぼうとすると、手錠に動きを止められた。

さらに左手首をつかまれ、しごきたくてもしごけずにもじもじとひざを寄せる破目になる。

いじられているのは左だけなのに、右の乳首まで勃起した。後ろの奥もいっそううずく。可畏の思う儘に火を点けられる体が嫌だったが、本当に嫌かといえばそうでもなく、問題は、このあといかに責任を取ってもらうかだ。

「――っ、可畏……どうしたんだ、急に胸ばっかり……」

いつまでも放っておかれる股間から蜜をしたたらせながら、半泣きで抗議する。

可畏は重たげに顔を上げた。やはりいたずらめいた表情で、乳首の先をぺろりと弾く。

「ふ、ぁ……ぅ」

「白いクリームに散る薔薇の花びらを想像したら、強烈に食欲をそそられた」

「……や、しょ、食欲とか怖いんで……性欲止まりにしといてください」

「お前のここは見た目がいいだけじゃなく、味も食感も最高だ」

「あ……っ、ぅ」

花びらに見立てられた突起を吸われ、先走りを散らしながら身もだえる。

蛟に負けず劣らずさみしがりやの可畏のそばに、ミニチュア化していつも一緒にいることはできないけれど、熱く火照った体をつなげることはできるから……じらさず丸ごと、ばくんと食べてほしかった。

人魚王を飼いならせ

高校生活最後の冬休み、森脇篤弘は年末恒例の家族旅行に来ていた。

ワイキキビーチでロングボードを駆る父親と、弟その一、その二を眺めながら、砂浜でストレッチをする。

医者からきびしくいわれていたので、頭部をなるべく動かさないよう気をつけた。

座り姿勢で手足を伸ばし、深呼吸する。頭に巻いた包帯が、じわりとにじむ汗を吸った。

――ハワイまで来て安静とかだりーけど、やっぱ来てよかった。親父いい笑顔だし、すげえたのしそう。

父親は名の知れたモダニズム建築家で、建築会社の代表取締役でもある。長い休みが取れるのは年末年始くらいだ。

十二月中旬に怪我をして入院していた篤弘は、旅行の許可こそ取れたものの安静が必要な身だった。ビーチにいながら、日常生活以下の動きに抑えなければならない。サーフィンなんてもってのほかだ。

「篤兄！　なんでストレッチとかしてんの⁉　泳いじゃダメっていわれてんのにっ」

ショートボードをかかえて海から上がってきた末弟が、ストレッチを阻止してくる。

森脇家の男たちの中でひとりだけ華奢だが、止める力はなかなかのものだった。

　森脇家の主人の名は兼弘（かねひろ）、その妻は弘江（ひろえ）、息子は篤弘、敬弘（たかひろ）、直弘（なおひろ）と続く。偶然から始まっただけで深い意味はないが、必ず弘の字がついている。

「泳ぐわけないだろ、包帯も取れてねえし」

「そのわりに水着じゃん」

「暑いからだ。そんなことよりボードを置いて海に向かって歩いてみろ、まっすぐに」

　唐突な指示を出し、座ったまま海を指す。例年のように一緒に海に出ていないぶん客観的に見ることができたので、口を出さずにいられなかった。

「歩くって、普通に？　こんな感じ？」

　中学一年生の直弘は指示通りに砂浜を歩き、波打ち際まで行くと戻ってくる。

　三兄弟の一番上の篤弘は昨年まで柔道部の主将を務めていて、長身かつ筋骨隆々。二番目で高校一年生の敬弘も運動部でそれなりに鍛えている。父親も筋トレを欠かさないタイプだ。

　末っ子の直弘だけは生白いもやしのようで、可愛（かわい）いが頼りない。

「サーフィン、毎年やってるわりにお前だけ下手な理由を教えてやる」

「う、な……なに？」

　立ち上がるなり弟を直立させ、腹や腿（もも）、尻に触れた。

　男の体にまったく興味がないといえば嘘（うそ）になるが、やわらかい子供の体……ましてや実の弟にさわるのに他意はない。無遠慮に肉をさすった。

「く、くすぐったいよ」

「お前は普段から意識して体幹を鍛えなきゃダメだ。歩いてるときに尻がまったく動いてない。太腿だけで歩いてんだよ」

「太腿だけ？　え、よくわかんない」

「人間は太腿で歩くのが一番楽だから、体幹が弱い奴が無意識に歩くと腿で歩く恰好になる。腹筋や尻の筋肉は使われず、上半身が腿に乗って運ばれる感じになるんだ。そんなだらしない歩き方してるとどうなるかわかるか？」

「えっと、お尻が垂れて、お腹がたるむとか？」

「その通り。いいか、ボードの上でふらふらするのはパワーや技術の問題だけじゃない。練習以前に普段からの姿勢が大事だ。背筋を正して、腹と尻に気合い入れて歩いてみろ」

弟の背中をビーチに向かって押し、先ほどと同じルートを歩かせる。

すぐには上手くいかなかったが、「かかとと親指も意識しろ」とアドバイスすると、次の一歩が格段によくなった。

「いいぞ、砂浜でそれだけできりゃ上等だ」

「これがんばれば篤兄みたいに上手くなる？」

「目標が低い。もっと上手い奴を目指せよ」

「篤兄よりうまかったら、それもうプロじゃん」

「そんなわけねえだろ。お前、人前では身内をほめんなよ。みっともねえから」

「ええー……なにそれ、すごい日本人」

「ほらまた腿で歩いてる。腹と尻！」

「うぇえ、常に意識するのむずかしいよ」

「習慣づけば背も伸びるし、腹も割れるぞ」

直弘の後ろを歩いてきびしく指導しながら、篤弘はこっそり頰をゆるませた。

頭部と全身を負傷したうえ、一時は意識不明の重体に陥っていたことで、家族を見る目が大きく変わっている。

建築家でエネルギッシュな父親はもちろん、やや冷めている敬弘まで頼もしく感じた。小ずるいほど甘え上手な直弘に至っては、鞄（かばん）につけて持ち歩きたいくらい可愛い。キッチンに立つ母親の後ろ姿を見て、目頭が熱くなることもあった。これまでいて当たり前だった飼い犬のことも、十年後にはいないんだと思うと悲しくなったり、わけもなく切なくなったり、死の顎門（あぎと）に踏み込んだのを機に、感情の振り幅が大きくなっている。物欲は一気に減って、失いたくない大切なものが見えてきた。

「母さんはまだ買いもの？」

「ああ、昼飯はアラモアナで食うってさ」

「ふーん、篤兄なんで行かなかったの？」

「こっちにいる友だちと会うって聞いたから。頭の包帯見せたら、怪我のこと訊かれるだろ？まったくなにも憶えてないのに、ハワイに来てまで同じ説明くり返すの面倒くせえ」

「ほんっとになにも憶えてないの？」

「ほらそうやって訊いてくる。憶えてねえよ。それと腹と尻、また腿に運ばれてるぞ」

「む、むずかしい」

にらみを利かせて弟を黙らせるものの、自分が主張している「まったくなにも憶えてない」は、嘘かもしれなかった。かもしれない程度の話だが、記憶に引っかかりがあるのは確かだ。

――沢木の声が聞こえた気がしたんだよな。俺の名前を必死に呼んでて……。

あれは事実なのか譫妄なのか。高三の二学期に突然転校した親友、沢木潤の声が今でも耳に残っている。

篤弘の怪我は、柔道によるものでも事故によるものでもなく、被疑者不明の、未成年者略取誘拐暴行事件によるものだった。

就寝中に暴行されて拉致され、犯人からの連絡や要求はなし。数時間後に病院前に放置されるという謎の事件が起きたのは、久しぶりに沢木に会った日の夜だ。

異性にすこぶるモテてノンケだった沢木から、転校先の生徒会長とつき合っているという告白を聞き、なかなか寝つけない夜だった。

なにしろ沢木の転校先の竜泉学院は男子校で、生徒会長の竜嵜可畏という男は、自分を上回る体格の男だ。

片や沢木は、芸能事務所のスカウトマンに追い回されるクォーターの美少年。篤弘にとっては同性で唯一、劣情をもよおす存在だった。

——意識がない間に沢木の声を聞いたのは、直前までアイツのことを考えてたからか？ それとも……とさらなる仮定をめぐらせると、ハワイの太陽の下ですら寒気を感じる。

拉致された日の日中、篤弘はわざと竜嵜を刺激し、ふたりのデートの邪魔をした。竜嵜は怒りをにじませながらも特になにもしてこなかったが、その日の夜、正確には十二月十五日未明、あの事件が起きた。

——タイミング的に考えて、奴を疑いたくなるのも無理はないよな。

自分が怒らせた相手——竜嵜可畏は、日本有数の企業グループの御曹司で、住む世界が違うレベルのセレブリティだ。人を使って襲わせ拉致監禁したものの、沢木に懇願されて改心し、病院の前に捨て置いたという筋書きはあり得る気がする。

逆に竜嵜が犯人ではないとすると、誰がなんの目的で自分を痛めつけ、自宅から連れ去って家族を恐怖のどん底におとしいれたのか、まるで見当がつかなかった。

大きな箱物を手がける建築家は、建設反対派のうらみを買うこともあるが、父親の仕事に絡んだ犯行とは考えにくい。それなら家族で一番大柄な自分を狙うはずがないからだ。

どう考えても答えは一つ。

竜嵜以外の犯人像は見えてこない。

「あ、父さんたちも上がってきた。お昼かな？」

「ああ、もうすぐ一時だし」

もの思いにふけりながら、いったん思考を閉じる。

父親と敬弘が、ロングボードを手に海から戻ってきた。地上の重力がこたえるのか、足取りが重くなっている。父親は開口一番、「お腹ペコペコ」と腹をさすった。

「兄貴、もう焼けてる」

「うわ、ほんとだ。座ってただけでこんがりじゃん」

「包帯の下だけ白かったらやばくね？」

「やばいなそれ、ハチマキ跡みたいな？」

「まあいいんじゃないか？　とりあえず体はいい色だし、ますますモテそうだな」

「これ以上モテなくていいんで」

父親の言葉にしれっと返すと、直弘が横から腰をぶつけてくる。

「篤兄、さっきの日本人らしさは？　謙虚さはどこ行ったんだよ」

「あれはな、身内自慢はイタいって話だ」

納得いかない、と反論してくる直弘を、末っ子に甘い父親がなだめる。

男四人のやり取りは普段と変わらないものだったが、事件前とは流れる空気が違っていた。

ここにいる全員が、平和な時間によろこびを感じ、安堵している。

死を身近にとらえたのが自分だけではないことを、再三再四、痛感させられた。

——もういいんだ、このままでいい。

事件の真相を明らかにしたい気持ちは当然あるが、それは絶対的に強いものではない。むしろ知りたくない気さえした。

側頭部の傷は髪に隠れて見えない程度で、体の怪我は打撲ばかりで骨に損傷はない。進学に関しても、有名な建築学科がある静岡の私大に推薦が決まっているため、事件によって人生を左右されたわけでもない。

一大事ではあったが、すぎたことといってしまえばそれまでだ。

——竜嵜は沢木と一緒に見舞いに来たし、態度も普通だった。自分がやらせたなら、あんな平然としてないよな？　偶然いろいろ重なっただけで、実際は関係ないよな？

沢木が竜嵜を好きなら、身勝手な想いをぶつけてはいけないことはわかっている。中学からつき合いがある身としては横取りされたようで悔しいが、こういうことは順番じゃない。

そもそも告白もなにもせず、ときどきそれっぽいジョークを飛ばして沢木の反応を見ていただけだ。あのころの自分は、バイかもしれないという、あまりうれしくない事実を認めることに抵抗があった。

過去の曖昧な気持ちを明文化させるのはむずかしいが、たぶん自分は、『沢木と確実に上手くいくならバイになってもいい』とか、そんな傲慢なことを考えていたのだろう。

　玉砕覚悟でどうこうしようとは思わなかったんだから、他の男にかっさらわれても文句はいえない。それに、いまさら自分が割り込む余地がないことくらい、ふたりを見ていれば嫌というほどわかった。

　沢木は竜嵜のことを好きだし、竜嵜も、俺様御曹司のように見えてそうでもなく、沢木のためなら不快なことも我慢できるようだった。

　だからこそ無関係だと思いたい。

　ふたりとも事件にはまったくかかわりがないと思いたい。

　どう考えても無関係なわけはないけれど、そういうことにしておきたい――。


　滞在二日目の深夜、誰にもいわずにホテルを出た。旅行をいったんキャンセルした関係で部屋が分かれていて、夜中に抜けだすのは簡単だった。

　――なんだろうな、生きてるだけで超絶ラッキーとか、家族ってやっぱ大事とか思い知ったわりに、なんか疲れる。

　一日中家族といて疲れたり、そのくせ寝つけなかったりする理由が罪悪感だということを、本当はよくわかっている。

家に見知らぬ誰かが入ったというだけでも気持ちが悪いのに、もっとも大柄な長男が暴行のうえ拉致されたのだから、家族の不安や恐怖は拭いきれない。

もしかしたら事件解決につながるかもしれない情報を隠しているせいで、親にも弟たちに対しても罪悪感があった。捜査を続けてくれている警察にも、申し訳ないと思っている。

ビーチサンダルで砂浜をとぼとぼ歩くと、暗い海に大きな波が打ち寄せていた。

年に数回とはいえ、八歳のときからサーフィンをやっているので、波を見るとテイクオフのタイミングを計ってしまう。

いい波が来ていた。日中とは比べものにならない。

――もったいないな。誰もいないこんな時間に、滅多に見ないくらいの波。

惜しいと思った途端、どこから現れたのか、ひとりの若いサーファーがテイクオフした。

このビーチにはめずらしい大波を駆り、切れのいいライディングを続ける。

暗くてよくわからないが、白人の若い男に見えた。

髪の色は淡めで背が高く、手脚がすらっと長く、筋肉質な体には隙がない。

目にするなり、上手いと思った。

ところが次の瞬間には、凡庸な感想を打ち砕かれる。

上手いなんて次元ではなかった。

世界的なプロサーファーが、専門雑誌の表紙を飾る写真に勝るとも劣らない。

なんで落ちないのか、なんで乗れるのか、ちょっと問い詰めたいくらいの身体能力だ。

持ってもいないカメラを向けたくなる。もちろん静止画じゃなく動画を撮りたい。競技会で使われる最高のカメラで撮りたい――というより、プロカメラマンに撮ってほしい。あとで何度も見たい完璧なライディングだ。

――柔軟なのとセンスがいいのと、すごいな、まるで波を操ってるみたいだ。乗りこなすっていうより、あの人のために波が起きてるのかってくらいの一体感。

寄せる大波に淡々と乗る男の姿に、ごくりと息を呑む。

彼は間違いなくサーフボードで波に乗っているはずだが、海水が意思のあるクジラのように生き生きとふくれあがって見えた。

彼を乗せ、彼を囲み、海そのものがはしゃいでいる。

――プロだよな、それもトッププロ。最近サーフィン雑誌見てなかったし……。

自分が知らないうちに、若手のプロが世に出てきたんだと思うことにした。とにかく絶対にプロであってほしい。そうでなければ納得できないものがある。

「あの……っ、すみません！　プロサーファーの方ですか？」

海から上がってきた男に、思いきって話しかけた。もちろん英語で。

よく知らない相手に理由もなく話しかけるほどフランクな性格じゃないが、あんなライディングを見たら黙っていられない。

「いきなりすみません。素晴らしかったから気になって」

最初は反応を見せなかった男が、ボードを手にしたままこちらを見る。

切れ長の目は灰色を帯びた青だった。身長は自分と同じくらいだが、全体的に少し細い。

なぜか濡れていないサラサラの髪は、日本で流行りのアッシュブロンドだ。ただし彼の場合は生来のものに見える。肌の色は最初の印象ほど白くなかった。

東洋の血も入ってる感じだな——そう思った直後、男が顔色を変えた。

「……ッ、ァ」とわずかに声を漏らす。

続く表情は驚愕といっていいほどのものだった。

さわったらヒビが入りそうなガラス細工のように、ぴしりと固まる。

篤弘には、彼の表情の意味がわからなかった。

声をかけた相手に怖がられるのはよくあるが、相手は女でもなければやわな男でもない。平均以上に体格のいい、わりと強そうな見た目の男だ。そのうえ半端ではない実力を持つサーファーで、波に乗っていたときは神懸かった孤高のムードを持っていた。砂浜に立っている今だって、そのムードは消えていない。

「すみません、あやしい者じゃなくて。えっと、有名なプロかと思っただけです」

なめらかとはいえない英語で話しかけると、「いや……違う。俺は、プロとかじゃない」と返ってくる。意外にも日本語だ。途切れ途切れだったので無理をしているのかもしれない。

「日本語で大丈夫なんですね」

「一応、日本人だから」

男の視線は頭の包帯に向けられている。

ほとんどの人間はチラッと見て目をそらすが、気になる様子で凝視していた。

「日本人なんですか？　よかったです。俺の英語力じゃ上手く表現できなくて。日本語でも上手くいえませんけど、本当にすごかったです。技術はもちろん、波と一体化してるっていうか、海を従えてるっていうか、とにかく異次元のライディングで、絶対プロだと思いました」

「それは買いかぶりだ」

男の顔のこわばりは次第にとけ、無表情に変わる。

彫りの深い顔は、改めて見ると人形のように整っていた。なんとなく、笑顔がイメージしにくい顔だ。やや冷たい印象を受ける。先ほどまでの孤高のムードに合っていて、高貴といってもいいくらいだった。

もっと上手くほめたくて相応しい言葉を大急ぎでさがすものの、語彙が足りない。芸術にもうとくてなににたとえていいかもわからない。

建築家になりたければ衣食住すべてにおいて一流に触れ、古いもの新しいもの、美しいものをたくさん見るようにと父親からいわれたのを思いだす。今の自分にはハリウッド映画のタイトルくらいしか出てこない。出てきたのは『アクアマン』だ。ワイルドな主人公にはまったく似ていないが、敵対する美形王子の雰囲気に少し近いかもしれない。年齢はもっと若くて、たぶん二十歳かそこらだろう。

——包帯、なんかすげえ気にしてるみたいだな。

作り込まれたファンタジー世界の住人のようなブルーグレーの目が、落ち着きなく揺れていた。離れてもまた戻ってくるくらい、包帯が気になるらしい。

「これ、なにかと思いますよね。出発前に転んで少し切って。喧嘩とかじゃありませんから、そんな警戒しないでください」

「警戒なんて、べつに」

「頭に怪我してる人間から急に話しかけられたら、なんていうか、ちょっと身構えますよね」

「そう、なのかもしれないな……あ、タメ口でいい」

「タメ口？　いいんですか？」

「ああ……ところで怪我人が旅行とかして、平気なのか？」

「じゃあタメ口で。旅行はもちろん平気。うまいもん食ってのんびりする予定だし」

タメ口でいいといわれてそうしてみたものの、無性に年齢が気になった。年上にタメ口をきくのは苦手だ。

「一応日本人ていってたけど、こっちに住んでる感じ？　歳とか訊いていい？　俺は十八」

「俺も十八だ。日本で暮らしてる」

「うわマジ？　なんだろ、微妙にショック」

「どういう意味だ？」

「こんな上手い奴が同い歳とか、そりゃ普通ショックだろ。こっちの人ならともかくさ」

いったそばから、そこまでサーフィンに力を入れてきたわけでもないのに厚かましいと思った。中高でやっていた柔道のことならともかく、年に数回しか海に出ていない身で、プロ級サーファーに嫉妬するのは見苦しい。

日本で暮らし始めたのはつい最近のことだとか、続く言葉を期待しているのがさらに恥ずかしかった。本音をいえば、「生まれも育ちもハワイで、ベビーカー代わりにサーフボードに乗ってた」といってほしい。

そうすればやっぱりなと腑に落ちる。無理やり沈めてもしぶとく浮き上がる発泡スチロールみたいなちゃちなプライドを、ロケットのように飛ばしたい。

「ええと、ハワイにはサーフィン目的で？」

「いや、あまり気乗りしない用事があって、その帰りだ。憂さ晴らしに水遊びを」

「水遊びって、どういう嫌味だよ」

「……っ、嫌味のつもりは、なかった。気に障ったなら謝る」

「いや、いいんだけど。俺は趣味でやってるレベルだから全然気にしないけど、マジでやってる奴にいったら嫌味だぜ」

「そうか、気をつける」

うなずいた男は、ばつの悪い顔をする。

憂さ晴らしというだけあって、本当に憂さがありそうだった。

ロングボードを支えている手にやけに力が入っていて、爪や指先が白くなっている。

日本在住の十八歳男子が、あまり気乗りしない用事でハワイに来るなんてどういう事情か気になった。でもそんなことを訊くわけにもいかない。

「あのさ、それ……さすがにいいボード使ってるな。ちょっとさわってもいい？」

「ああ、もちろん」

「俺もこれにしようか最後まで迷ってさ、結局ハードル高すぎてやめたんだけど」

あくまでも話題転換のために、男のボードに手を伸ばした。

彼がビーチに立てつつ持っていたボードは、プロ御用達の高級品だ。もちろん金さえ出せば誰でも買えるが、余程の腕がないと恥ずかしくて手を出せない代物でもある。

「うわ、ッ」

予想に反し、男はいきなりボードを離した。

フィンが手刀のように空を切り、大きな影がぐらりと迫る。

危ないと思ったときにはぶつかっていた。

ゴンッと漫画みたいな音がして、側頭部が痛みだす。これまた漫画のようにチカチカと星が飛んだ。その先に待っていたのは、闇を引きずる回転性のめまいだ。

「い、っ、ぅ」

「大丈夫か⁉」

男はひどく慌てていた。

当然わざとではなく、タイミングが悪かっただけだ。指が白くなるほど強く握っていた状態から急に手を離したせいで、思いがけず勢いがついたのだろう。

「だ、大丈夫。ちょっとかすっただけ」

大丈夫ではなくても大丈夫といってしまう日本人らしい台詞を口にするなり、すうっと嫌な感触に襲われた。普通ならタンコブくらいで済むところだが、先日の事件で縫った箇所をもろに打ってしまい、頭皮に生温かいものを感じる。

出血に間違いなかった。まぶたの奥の星もなかなか消えない。

「出血してる。すまない、俺の不注意で」

男の言葉に、ああやっぱりと思った。

「平気平気」と笑って返す。

洗髪時にも少し出血することがあるので、それほど大騒ぎする必要はない。頭は血管が多いから、一見大事に見えるだけだ。

そういおうと思うと、「救急車を呼ぶか?」と迫られる。

「いやここ日本じゃないし」

日本だったとしても、この程度で救急車は呼べない。少なくとも自分の感覚では呼ばない。

「それなら、タクシーをつかまえて……すぐ病院に行こう」

「え、いや、そんな大した傷じゃないから」

無表情を崩して心配そうに覗き込んでくる男の目は、こんなときにもかかわらず見入ってしまうくらい綺麗だった。

見事なブルーグレー。神秘的で、どことなく銀色を帯びているのが恰好いい。

「このくらいなんでもないけど、よかったら、包帯かえるの……手伝ってもらっていい？」

魔が差すというのは、こういう感じだろうか。きっとそうだ。急に、このアクシデントを利用したくなってしまった。

「ひとりだと上手くできなくてさ」

断られない空気を読みつつ、片手でお祈りポーズを取って頼んでみる。

映画の世界から出てきたような、明らかに特別な彼と仲よくなりたかった。このまま名前も告げず連絡先も交換せず、じゃあ、なんて別れたくない。

「もちろん手伝う。包帯は部屋にあるのか？　買っていかなくても？」

「あるある、買わなくて平気」

笑いかけると硬めの笑みが返ってくる。

目の前にいるのは、可愛い女の子ではなく、沢木潤のように線の細い美少年でもない。
自分と同じくらい背の高い男だ。胸筋は盛り上がり、腹筋や背筋はビキビキに割れ、手足も筋張っている。

にもかかわらず、難易度の高いナンパに大成功したような、不思議な高揚感があった。ナンパ自体したことがないので実際どういう感じがするものかわからないが、おそらくこんな感じだろう。似たところで釣りならしたことがある。

大物を釣り上げたときの高揚感が今の感じに似ている。

エビで鯛（たい）、なんてスケールじゃないと思った。

お互いエレベーターの中で名乗り合い、縦横に移動する間にいろいろ話した。

彼の名は汪束蛟（おうつかみずち）。ハワイにはひとりで来ていて、遅くなっても問題ないらしい。自宅も学校も静岡の近くの海沿いにあるといっていた。具体的な地名はなぜか濁された。

サーフィンを始めたのは中学のころだといわれたときは、「嘘だろ？」と眉を寄せずにいられなかった。

嘘じゃないとか本当だとか返ってくると思ったら、「もっと小さいころだったかもしれない」と曖昧に訂正された。気を遣わせたのかもしれない。

そんな感じで素性をさらしたあとも、蛟は妙に浮世離れした空気をかもしだしていた。

そもそもビーチを去るときからして変だった。

高価なボードを砂浜に無造作に置いてくるし、「いつまでこっちに?」と訊くと「決めてない」と答える始末だ。かなり裕福な家の息子と思われる。

「手先が器用なんだな、看護師さんみたい」

「巻いてあったのと同じようにしてるだけだ。ただの真似(まね)であって独創性はない」

「独創性とか要らないから」

自分だけベッドに腰かけた状態で、頭の包帯をかえてもらった。

幸い開いた傷は小さなもので、血はすでに止まっている。

日本人とはいえ、異国で初めて会った男を深夜に部屋に招き入れている自分を、らしくないなと思った。海外では男女問わず油断ができないため、旅行中に素性の知れない相手と密室ですごしたことは一度もない。

「ほんと包帯止めの位置までピッタリ一緒だ。同じように巻こうと思っても、実際ここまで真似できるか?　冗談抜きに器用なんだな。料理とかもできちゃいそう」

「わりと得意だ。毎日作る」

「毎日なんだ?　それはすごいな。俺も春からひとり暮らしだから作らなきゃいけなくてさ、母親に習う約束してんだけど……っていうか、料理得意な奴っていそうで案外いないよな」

「そうか？　わりと多いと思ってた」

「ほどほどレベルならいるんだけどな。あ、友だちにひとり料理上手な奴いるけど、そいつの場合はアレルギー体質だから要自炊って感じで、いつも大変そうだった」

親友、沢木潤のむずかしい食事情を引き合いに出すと、蛟は大きく反応した。

目の前に立ったままやけに深刻な顔をする。

「アレルギー体質か……」とつぶやく顔が暗い。

「なにかアレルギー持ってるのか？　好き嫌いとか訊いていい？」

「アレルギーは特にない。好物は……魚、魚介類はだいたい好きだ」

「お、いいな。俺も好き。刺身とかフライとか。特にシャケが好き。そのわりに家では滅多に食べられないけどな」

「どうして食べられないんだ？」

「うちの飼い犬もアレルギーでさ、魚介類全般がダメなんだよ。魚がダメな犬はめずらしいんだけどな。そのくせ食べたがるから危なっかしくて」

「それは残念だな」

話が変な方向にそれたので、即座に軌道修正を考えた。

積極的に距離を詰めたい相手に、アレルギーだのなんだのとネガティブな話をしている場合じゃない。蛟の好きな話題に戻し、空気を明るくしたかった。

「魚だとなにが一番好き？」

「一番……一番はマグロだな」

「あーいいね。回転寿司(すし)とか行って、大トロばっか食べて怒られる。金皿のやつ」

「回転寿司か、うわさには聞いたことがある」

「……え、行ったことないのか？」

「ない」

「どんだけお坊ちゃんなんだよ」

「そうじゃなくて、寿司も自分で作る」

「自分で？　それって、ちらし寿司とかじゃなく握り？」

「ちらしも握りも、自分で」

「すっごいな。蛟ってお坊ちゃんなのか違うのか、よくわかんなくて面白いな」

「……少なくともお坊ちゃんではないな。地味にひっそり暮らしてる」

「マジかよ？　全然ひっそりってイメージじゃないよな。カリスマっていうか、王子様っぽいキラキラ感あるのに」

「そんなこと初めていわれた気がする」

和やかな雰囲気で話しながらも、蛟の顔にはこわばりが残っていた。ベッドの前に立ったまま、座る気はなさそうな佇(たたず)まいだ。

部屋に誘った形になったことで警戒されたのかと思うと、一応のところノーマルに生きてきた身としては複雑なものがあった。

自分の中のゲイ臭なりバイ臭なりが漏れていそうで不安になる。

それはつまり、蛟への下心がどこかにあり、それが漏れているということなのかもしれない。

そんなものがあるのかないのか自分ですらわからないのに、におい立っているとしたら嫌になる。肉を前にヨダレを垂らしてハアハアする大型犬を愛しく思えるのは、飼い主だけだ。

——やっぱその手の警戒、されてるよな?

ふいにもっと嫌な考えが浮かんだ。

ここまで見た目のいい男なら、子供のころに怖い目に遭ってトラウマをかかえていてもおかしくない。沢木のボディーガード的なことをしていたので、美少年にハアハアする輩の姿がリアルに浮かんだ。

その手のトラウマがあるかもしれない相手に、ベッドを叩いて「ここ座れば?」とすすめるのもためらわれる。

「なんか、緊張してる?」

「べつに、それほどでもない」

「あのさ……さっきビーチで俺の顔見た瞬間、普通じゃなくおどろいてたよな。俺、そんなに目つき悪い?」

「いや、そういうわけじゃない。目つきは、悪くないと思う。むしろすがすがしくて……まっすぐな目だ」

「は……？　え、すがすがしく？　まっすぐ？　そんなのいわれたことないぜ」

「面と向かっていわないだけで、思ってる奴はたくさんいるはずだ」

「……たっ、たくさん？」

　滅多にないほめ言葉に、トスッとハートを撃ち抜かれた気がした。恋に落ちたわけではないが、好感度が急上昇する。熱湯に放り込んだ温度計のように見る見る上がって、なにコイツすげえ好き――と声を大にしていいたくなった。

「たくさん、いるかな？」

「ああ、たくさんいるはずだ」

　たくさんという部分を強調されると、ますます好きになってしまう。おふざけではなく、大真面目な顔でいわれるのがたまらなかった。しっかり検分したうえの評価のようで、久々に自尊心が満たされる。

「やべえ、お世辞でも……うれしすぎるんですけど」

「見たまま本当のことをいっただけだ。すがすがしいだけじゃなく、よく見ると魅力的な男だと思った」

「……み、っ……魅力？」

自分より顔面偏差値が高い男からの言葉に、声が裏返りそうになる。

蛟は単なる美形に留まらず、プロ級のサーファーでもある。身体能力だけでもリスペクトせずにはいられない相手からほめられると、細胞が小躍りして顔から崩れそうだった。

「魅力的ってさ、なんかこう……男として、みたいな？　性的な意味で？」

「もちろんだ。体格も含めて全部が、性的な……男としてのセクシャルな魅力にあふれてる」

「性的……って、今、セクシャルっていった？」

「いった。不愉快だったら謝る」

いえいえ不愉快だなんてとんでもございません、セクハラだなんだとわめくつもりもございません。ただ、その発言に先はあるんでしょうか。責任は取ってくれるんでしょうか――。

――今の発言て……つまり、アレ的な意味だよな？

場の空気を変えるスイッチがパチリと切りかわり、透明だったライトが妙に悩ましげな桃色に一転する。音楽まで聞こえてきそうだった。とてつもなくムーディだ。

――これはもう、やらなきゃダメだろ。のがす手はないよな？　さっさと認めて、行っちゃうとこだろ。

間接照明の光を受ける蛟の顔が艶っぽく見えて、逃れられない自分の性状に直面する。

親友にひそかな恋愛感情をいだいていたことも、性的な欲求があることも自覚していた。

ただ、沢木だけは特別という話であってほしかった。

この先、自分がその気になるのは女だけであってほしいと……わりと真剣に願っていたのに、眠れる本能が蛟の発言に乗りたがっている。お誘いとも取れるうかつな発言に乗って、知らない道へ一直線だ。できれば進まないほうがいい道なのに、歩みを止められない。

「とりあえず、座れば？」

ベッドマットをぽんと叩くと、蛟はひとり分空けた位置に腰かけた。伝わる振動によってテンションが跳ね上がる。心音が一気に高まった。かといって、がばっといくわけにはいかない。女相手なら読める空気が、男同士だとわからない。野暮でも確認が必要だ。

「あのさ、率直に訊くけど……蛟って、男に興味あるタイプ？」

「――……」

張り詰めた糸のような緊張をかいくぐると、沈黙のままうなずきを返された。さらに言葉でも肯定される。「ああ」と短く、しかし確かに認めていた。

「……実は、俺も、同性で……ずっと気になってた奴がいてさ。ノンケだと思ってたんで告る機会もないままだったんだけど、最近……ちょっといろいろあったんだ」

「……いろいろ？」

「なんていったらいいか……自分が、同性とやれる人間だってこと、なかなか……認められなかったんだよな。偏見とかはないつもりだけど、自分のこととなると別じゃん？」

「――そうだな、それはなんとなくわかる」

「うん……でさ、モタモタしてたら他の男に持っていかれたわけ。つまり今、同性に失恋中。もうあきらめはついてるけど……」

肉を前にハアハアしながらヨダレを垂らす犬のようにはいかなくて、なるべく正直に自分の気持ちを言葉にした。

蛟は唇をわずかに動かし、同情的な相槌を打つ。

少女漫画のキャラクターのように輝く歯が、艶っぽくてそそられた。キスがしたくなる唇と歯の持ち主だ。

「蛟は？　つき合ってる奴とかいるのか？」

「いや、他の男から奪おうとして失敗した」

「……え？　奪おうとして？」

「最低なことに、横取りしようとしたんだ」

「へ、へえ……そうなんだ」

さらりと語られた恋話があまりに意外で、二の句が継げなかった。

沢木と同じように、男女問わず入れ食い状態に見えるからだ。むしろモテてモテて大変だろうし、それになんとなく、自分から行くタイプに見えない。蛟のなにを知っているわけでもないが、しっくりこなかった。

「すごい、意外だな。そんだけイケてても自分から行くこと、あるんだな。しかも失敗とか、どんだけレベル高いんだよ」

「レベル……かなり高い相手だ。しかもその恋人はもう……レベルがどうこういえる次元じゃない。俺よりデカくて、強い」

「……マジか」

こくりとうなずく蛟の隣で、ふいに竜嵜可畏の姿を思い浮かべた。

あの男こそレベルカンストで、一般人が立ち向かえる相手じゃない。日本有数の企業グループの御曹司のうえに、顔も骨格も声も、すべてが最上級。神様から山ほどいいものをもらい、ピラミッドの頂点でふんぞり返っているような男だ。

「なにより、気持ちで負けてた。そもそも……動機が不純で、ふたりの関係そのものにあこがれてた。振り返ってみると、すごく……稚拙で、自分勝手だった」

悔恨をこめて語られる蛟の想いは、自分が沢木と竜嵜にいだいたものと似ている気がした。

飛びきり綺麗な顔をした自慢の親友をかすめ取られ、ひどく悔しかった。すべてにおいて上にいる竜嵜が憎かった。沢木に信頼され、そばにいられる竜嵜のポジションが妬ましかった。

「——なんか、ちょっとわかるかも」

恋愛に限らず、人が仲よくしている姿はうらやましいものだと思う。多かれ少なかれ誰でも持ち得る感情だろう。

だからといって邪魔する行為や略奪行為が正当化されるわけじゃないが、気持ちが闇にかたむくのを止められないときもある。

「今は、吹っきれた感じ？」

「……ああ、そうだな。あとはもう、自分が犯した罪と向き合って、少しずつでも……償っていくしかない」

「償うっていうと、なんかすごいシリアスだな」

「――それくらい悪いことを、したんだ」

そう答える蛟の顔には憂いがあって、事情はよくわからないが相当に自分を責めているようだった。オープンな性格には見えないにもかかわらず、初対面の自分相手にこんなにいろいろ話してくれるのが意外だったが、当然悪い気はしない。

それどころか近づきたい気持ちが強くなった。

初めて会ったとは思えないくらい、距離が縮まる。

「俺が好きだった相手は、親友だったんだ」

「親友……」

「男同士でどうこうとか、興味はあったけど中途半端だった。告白とか、そういう……一か八かの勝負はできなかったし、考えられなくて……こうして改めて思い返すと、落ち込む権利すらないんだよな」

自分の気持ちを言葉にするうちに、浅黒い肌を持つ竜嵜と、白い肌の沢木が絡み合う姿が浮かんでくる。

男同士のセックスを想像することで、横に座る蛟の体までなまめかしく見えた。

筋骨隆々、手足が長く体の厚みも十分あり、そうかといってムキムキと筋肉がつきすぎているわけではない。理想的でバランスがよく、メリハリのある陰影が出来る体だ。

「――蛟は、男と……したことある？」

いってしまった。明らかにさぐりを入れてしまった。

「途中までなら」と、あっさり返され、天にも昇る気持ちになる。

冷ややかな目で見られなかっただけでも御の字なのに、経験があるなんて最高だ。

「……あるんだ？」

それは上だったのか下だったのか訊きたくなった。でもさすがにそれは訊いちゃいけない気がする。いやむしろゲイ同士の関係を構築する際にはハッキリさせるべきなのかもしれないが、初心者なのでよくわからない。

「俺と、したいのか？」

「……っ、は？」

「そういう視線を感じた」

「えっ、いや……ぇ……」

いや違う。いや違わない。そうだ、まだ少し迷いはあるけど行っちゃいたいのが本音だ、本能だ。踏み込んだらイバラ道。回避できるなら回避したほうがいい道に、行ってしまいたい。

「……性的、魅力とか……セクシャルとか、いうから」

「いうべきじゃなかったか？」

「いや、全然……。ごめん、責任転嫁した」

最悪にカッコ悪いなと自覚すると、頭をかきむしりたくなる。

そんなことをしたらまた出血するのでやらないが、包帯の上からこぶしをコツコツ打ちつけずにはいられなかった。

「そうだとしたら、どうする？」

蛟と目を合わせると、急激に喉が渇く。

拒絶されないことは、視線でわかった。

なんとなく受け入れられる気がして、ムラムラとわき起こるものがある。

安全で快適で、もっとも生きやすいノーマルな人間の枠に収まっていたい臆病な心が、好奇心に圧迫された。今はつき合っている彼女がいないことや、入院中からどうにもそういう気分になれず、性処理をしていないことも影響している。

「お前が望むなら、なにをしてもいい」

「……っ、え？　はっ、え……？」

「なにをしてもいいといったんだ」

「なにをしても……って、なに？」

「セックスがしたいなら、俺が女の代わりになる。殴りたければサンドバッグに」

「……なぐ……サンドバッグ？」

「遠慮は要らない」

真面目な顔で怖いことをいってのける蛟に、ムラムラしていたものを冷まされた。

サンドバッグという、この場にまったく相応しくないどころか、いったいどういう思考回路から出てきたのかわからない用語に、心臓と息が詰まる。

「サンドバッグって、あの、ボクシングとかのアレだよな？」

「ああ、要するに、殴るなり蹴るなり好きにしていいといってるんだ」

「ええぇ……いやいや、それはないだろ。どっちかっていうとS顔のくせにドMかよっ」

ギャップ萌えを通り越したドン引き発言に興ざめしながらも、とりあえず肩をつかんで押し倒してみる。

腹を決めたわけではなかったが、枕に頭を沈めさせてそれらしい体勢で見下ろし、その気になれるか確かめたかった。

さらりと広がるアッシュブロンド、吸い込まれそうなブルーグレーの瞳――見れば見るほどそそられて、ムラムラが回復する。

触れた肌はなぜかひんやりとして、手のひらや指に心地よい感触だった。日焼けで火照った体を押しつけたくなってくる。

「あのさ……なんで髪、乾いてんの？」

「——乾きやすい髪質なんだ」

「そうなんだ？　あと、肌がやけに冷たいんだけど、平気か？　もしかして寒い？」

「体質だから気にしなくていい」

「ちょっと心配になる冷たさだぜ」

「気持ち悪いか？」

「や、そういうことじゃなくて」

色気のない普通の会話をしてみるものの、ムラムラはもう冷めない。

ベッドインする男女の体勢で見つめ合った結果、やっぱ無理……となることをひそかに願う理性があるにもかかわらず、ストップはかからなかった。

「とりあえず試しに、キスしてみても……いい？」

「ああ」

「あと、殴る蹴るは無理だからあきらめて。変なプレイとか興味ないし」

「……お前が、殴りたくなったらでいい」

「お、おう」

やっぱり殴られたいんだと思うとげんなりしたが、それでも蛟に引き寄せられる。

視線の引力は強くて、そのうえ近くで見れば見るほど綺麗に見えた。なめらかな肌も、奇跡のように形のいいフェイスラインも、触れたくなる首も鎖骨も、感動すら覚える美しさだ。

「ン、ゥ」

「――ッ」

瑞々しく弾力のある唇は心地よく、硬さも大きさも女のものとは違う。

差を感じるのに、不快感は微塵もなかった。

それどころか強く押しつけて崩したくなり、舌を絡めずにはいられなくなる。

「フ、ゥ」

平らな胸に触れると、心音が感じられた。

ひんやりした肌の下で、トクントクンと鳴っている。

自分の心音は、蛟のものよりたぶん速い。同性の胸に触れたことで冷める様子はなかった。

それどころか股間が反応し、ズキズキとうずきだす。

「……下、さわるぜ」

唇を一時解放して、こわばる利き手を蛟のサーフパンツに向ける。

性器に触れたら冷静になるかもしれないと、往生際の悪い理性が期待していた。

――俺の手に、ちゃんと反応してる。

サーフパンツの上から性器に触れても、落ち着くものはなにもない。

なでることで蛟の雄はより雄々しく育ち、自分の股間も同じように反応する。

「俺の、さわって」

ねだりつつシャツを脱ぎ、もう一度蛟の性器に触れた。

今度はサーフパンツ越しではなく、手を忍ばせて直接さわる。

「……ッ、ゥ」

かすかに漏れた蛟の声には、快楽の色がついていた。

勃起した男の性器に素手で触れてもダメにならないことで、自分が元々枠の外の人間だったのだと思い知る。沢木に限った話とはいえなかったのだ。遅かれ早かれ、きっかけがあればこうしてはみ出す素質があったらしい。

「ウ、ァ……」

シャツとパンツを脱ぐなり蛟の手で性器をなでられ、下着を下ろされる。

ビィーンと音を立てそうな勢いで元気よく飛びだした性器が、腹に向かってそびえた。

蛟に握られるとたちまち脈打ち、ポンプのように機能して熱い血を巡らせる。

「すごいことになってる。俺、バイなんだな」

「無理に分類する必要はない。男の体は単純だ。さわられたりしゃぶられたりすれば、容易にこうなる」

「……しゃぶられたり……って、口でするのも経験済み？」

「いや、正確には未経験だ。達ったあとならしゃぶったことがある」

「それは、つまり……お掃除フェラってやつ？」

「そういう呼び方は知らなかった」

　奮い立つ雄をしごき合いながら、蛟の言葉に興奮した。

　頼めばしゃぶってもらえるのかと思うと、想像だけで腰がふるえる。

　男の体を知りつくす同性にされると、かなり気持ちがいいといううわさは本当だろうか。

「あの、さ……最後までやるつもりは全然ないんだけど、口とか使える？」

　蛟におおいかぶさり、彼の性器をしごきながら訊いてみる。

　触れ合う快感で声に甘さが加わって、「無理ならいいぜ」とささやく形になった。

「無理なことなんてなにもない」

　むくりと身を起こした蛟が、脚の間に顔を寄せてくる。

　ためらいのなさにおどろきながらも、ひざ立ちしてうなじに触れた。

「う、わ……なんか、すげえな」

　くわえるのがむずかしいくらいの大きさがあるそれが、男の大きな口にカップリと食まれる様子に興奮する。

　唇による圧も舌による愛撫も巧みで、油断するとみっともないことになりそうだった。

――美形はフェラ顔まで様になるもんなんだな。色の薄いまつ毛が……すげえ……エロい。

裸で身を屈め、ジュプジュプと音が立つほど強く性器を吸う蛟の姿に、理性が揺らぐ。

視界の先で時折動く尻が気になって、丸みがなく硬そうなそれに欲情した。

どう見ても男の尻なのに、腰をつかみながら掘るように突きたくてたまらなくなる。

「や、やっぱ挿れたいとかいったら、引く？　ゴムは持ってるんで、ちゃんとするけど」

口淫を続けている蛟の顔を見下ろしながら、サラサラの髪を指で梳く。

伏せられていたまぶたが上がり、海のブルーと銀色を混ぜ合わせた瞳に射ぬかれた。

つくづくとんでもない状況だと思う。

自分と大して変わらない体格の初対面の男を抱こうとしている自分の行動が、なにより一番大胆でびっくりする。しかも後悔がない。始めるまではあったはずの迷いもない。相手が嫌じゃないなら、先に進みたくてしかたなかった。

「お前がしたいなら、なにをしてもいい」

「マジで？　けど初めてなんだよな？」

「俺は極めて頑丈にできてる。乱暴にあつかって構わない。なにも気にしなくていい」

「……やっぱ、すごいマゾ？」

「そういうわけじゃない」

即答した蛟は、唾液や先走りで濡れた唇を指先でぬぐう。

ただそれだけの仕草が、股間がきしむほどみだらに見えた。

「マゾじゃないなら、あんまりそういう……怖いことといって煽るなよ」

「煽ってるつもりはない」

「煽ってるって。自分を大事にしないような発言してると軽く見られて、本気で乱暴する奴に当たってえらい目見るぜ」

投げやりなんだかマゾなんだかわからない蛟の発言は、なんとなく面白くなかった。自分を大事にしない人間は好きじゃないし、一応こういう関係になった縁もあるので、心配になってくる。

「やさしいんだな」

「いや、普通だけど……ほんと気をつけないと。調子こいて変なことする奴もいるだろうし」

「誰にでも同じことをいうと思ってるのか？　ストリートボーイじゃないんだぞ」

「悪い……そんなつもりでいってるんじゃない。けど、俺が心配する気持ちもわかるよな？ついさっき会ったばっかだぜ。そんな相手になんでそんな、やばいこといえるわけ？」

「――さあ、なんでだろうな」

「適当にいなすなよ」

蛟の発言が面白くなかったが、それ以上に自分の発言と行動がちぐはぐに思えて恥ずかしくなる。

なによりダメなのは下半身だった。はぐらかす表情に刺激され、ますます大きく育って手に負えない。せわしなくならないよう気をつけながらも、内心急いでコンドームを用意した。

変な奴だとも困った奴だとも思ったが、やりたい衝動に勝るものはない。

今一番怖いのは、蛟の気が変わってしまうことだ。

――お前を気に入ったから、お前にならなにをされてもいい……って、都合よく解釈していいのか？　性的魅力がどうこういわれたし、蓼食う虫も好き好きっていうし……いや、俺はそんなに悪くない。

あまり説教くさいことはいいたくなかったので、とりあえず前向きにとらえることにした。

この、嘘のような好機に乗らない手はない。

「下に枕敷くから……ちょっと腰上げて」

「こう、か？」

「そう。そのまま足投げだして、力抜いて」

処女を抱く手順で挑むと、蛟は指示通りにした。

仰向けになって腰だけを高くしたその姿に、思わず生唾を呑んでしまう。

男の象徴が奮い立ち、太い裏筋が浮きだしている。その下の袋も尻の狭間も丸見えだ。

生々しくて、それでいてものすごく綺麗で……バッチリ見てしまっても萎える気配がない。

むしろメキメキと硬度を増した。

「なんか、すごいカッコさせて悪いな」

「気にしなくていい」

さらりと答える蛟は、体をすみずみまでさらすことに抵抗がないようだった。

「こんなカッコ、恥ずかしくないのか？」

「べつに」

「ヌードモデルの経験、ありとか？」

「海辺で育ったからだ。幼いころからずっと、性別を問わず裸で泳ぐ環境だった」

「そうなんだ？　いまどきめずらしい」

「さすがに……ここまでは見せないけどな」

蛟の裸を見ていると、体の中心が燃えてくる。

やたらと硬くなって、コンドームをかぶせるのが楽だった。まるでプラスチックのように感じられて、過去に例を見ない硬さに困惑する。自分は男もイケるノーマル寄りのバイじゃなく、どちらかというとゲイ寄りのバイなんじゃないかと思うと、ちょっと怖くなった。

「やっぱ……指とか挿れてほぐすべき？」

「いや、このままでいい。俺は痛みに強い」

「……わかった。けど痛かったらちゃんといえよ」

蛟のひざをつかんで開き、コンドームに付着していたゼリーを谷間に塗り込む。

部屋の照明は明るすぎないくらいの照度を保っていて、後孔の色や形が見て取れた。なめらかな肌質の尻の間に、ベビーピンクのすぼまりがある。

ゴム越しに先端を押しつけると、抵抗を示しつつひくついていた。

「これ、ほんとに入るもんなのか？　すげえ、きついんだけど……ッ」

「――ッ、ゥ」

蛟が苦しげに顔をしかめるのを見て、いったん腰を止める。

すらりと長い脚を肩にかかえ、まっすぐに挿入できる角度をさぐった。

「深呼吸して。力抜けたときに進むから」

自分も呼吸を整え、蛟の呼吸を慎重に読む。

おうかがいを立てるように当てたり引いたりして、すぼまりがほころぶのを待った。

性器が作りものめいて硬くなっているのが功を奏し、ぬぐぐっと一気に進めるときがやってくる。

「う、わ……ッ」

「――ツ、ァ！」

小さな孔はきつくせまい。押し込んだ性器のすべてがしめつけられる。

あたたかいと思った。ゴム越しに感じる蛟の内部は、肌とは違って冷たくない。熱くはないけれど、ぬくくて、とにかくきつくて気持ちがいい。

「なんか、すごい……気持ち、いい、かも」

シーツに頭を埋めていた蛟は顔を左右に揺らし、「……ッ、ゥ……」とうめいて唇を結ぶ。

秀麗な眉を寄せ、腰や爪先をこわばらせながら耐えていた。

「悪い。俺は……なんか、メチャクチャいい感じしてるけど、そっちは痛いよな?」

「──いや、少し休めば……すぐ治る」

そう答える顔には苦痛の色が浮かんでいて、痛みを快楽ととらえているとは思えなかった。

もしや出血したのかと不安になり、おおいかぶさった姿勢のまま腰の動きを止めてみる。

「大丈夫か? こういうの、初めてなんだよな?」

「……ああ」

「いきなり挿れないで、もっと丁寧にすればよかった。ガツガツして……ごめんな」

息を整えつつ謝ると、蛟は眉根をゆるめた。

こちらを見て口角を少し上げ、困ったような笑みを浮かべる。

「お前は本当にやさしい男だな」

「え、いや、だからこのくらい普通だって」

「俺は……自分の目的を果たすためなら、人道に背くこともできてしまう。お前のいう普通を、
計略として演じていたかもしれない」

「──計略?」

「もう治った。動いていい」

「ウ、ァ……！」

蛟の手で腰を引き寄せられ、蠢く肉孔の奥へと迎えられる。

薄いゴム越しになまめかしい刺激が伝わってきた。気をつけないと達きそうになる。

それでいてすぐに、自ら動かずにはいられなくなった。

息を吸って、吐いて。蛟の脚を肩にかかえながら、夢中で突く。

「──ク、ゥ」

奥まで突く間に、蛟の表情に艶が走る瞬間があることに気づいた。

その表情をふたたび見たくて場所をさぐりながら、試し試し腰を動かしていく。

「──ン、ァ……！」

びくんっと大きく身をよじらせた蛟の姿に、興奮が止まらなくなる。

またがっついて荒々しくなってしまったが、自覚したところでどうしようもなかった。

──なんだよこれ、すごい……いいし、ヤバいくらい、ハマりそう。

フィジカルな快感よりも、目から来る快感に胸がしびれる。

涼しい顔で波に乗っていたプロサーファーのような蛟と、今自分の真下で顔をゆがめている蛟。極端な二つの顔を重ねると、より燃えるものがあった。

苦痛と快楽でうるんだ目や、まぶたや頰に差した赤みが、たまらなく色っぽく見える。

可愛いとは無縁の、自分よりも遥(はる)かに恰好いい男が無性に可愛い。

足腰がますます動いてしまい、気づけば無我夢中で蛟の腰を突き上げていた。

「――ン、ゥ!」

「ウ、ァ……!」

絶頂の瞬間は突然、嵐のように訪れる。

蛟の中で達しながら、男ならではのわかりやすい絶頂を目にした。

――一緒に、とか……すごい、感動……。

積み上げた枕によって高められていた蛟の腰がふるえ、胸に白濁が散っていた。

盛り上がった胸筋や、存在感の薄い乳首が穢(けが)れる様は、これまで見たどんなAVよりも扇情的に感じられる。

――これって、いわゆるギャップ萌えってやつか? 男らしいのに、超絶エロい……。

わき上がる劣情を吐きだしながら、蛟の上に身を伏せる。

冷たくなった精液と肌にぬるりと胸を重ね、唇をふさいだ。

日本から持参したコンドームがつきるほど抱きたい衝動とは裏腹に、蛟の口淫を受け、彼の口で一度達して終わりにした。

医師から、日常生活以下の動きを心がけるようにいわれていたためだ。

本来はセックスなど論外だった。包帯のゆるみを直してくれた蛟からも、「いまさらだがあまり興奮するな」と、一度目のあとにいわれた。

「——ん……シャワーか？」

ボクサーパンツ一枚の姿で横たわっていると、蛟がベッドから立ち上がる。

「もう帰らないと」といわれ、まどろみから一気に覚めた。

「え、そんな急に帰らなくてもいいだろ？　まだ暗いし、泊まっていけよ」

「干乾（ひから）びそうだ」

「……は？」

サーフパンツ姿でふらつきながら、さっさとドアを開けようとする。

慌てて追いかけてなんとか止めたが、振り返った顔はおどろくほど気だるげだった。

帰りたいと書いてあるような顔だ。セックスのあとにこんな顔をされるのはいささかショックだが、なにより体調面が心配になる。

「だ、大丈夫か？　なんか具合悪そうだぜ」

「平気だ。帰って休めば……すぐよくなる」

「帰るって、ホテルどこ？　携帯は？　また連絡取りたいんだけど」

「宿泊先は秘密だ。携帯は持ってない」

「なんだってそう、秘密ばっかり」

「人にはそれぞれ事情があるだろ？」

同い年とは思えないほど大人びた顔で返され、なにもいえなくなる。

そういえば、気乗りしない用事でハワイに来ているといっていた。滞在期間が決まっていないのもおかしいし、殴られたがっていたのもおかしい。

よくわからないが、憂さ事情がいろいろとあるのだろう。

「また、会えるよな？」

ドアを開けて廊下に出ようとする蛟から、止めたくても止められない圧を感じる。

あんなに深くつながったのが嘘のように、近寄りがたい。

「お前が望むなら、また会える」

「望むに決まってんだろ。あ……じゃあさ、明日の夜、また会えないか？　七時ごろにここの裏手のプールでバーベキューやるんだ。親がいるけど友だちの友だちってことにすればうるさくないし、シーフードメインでうまいんだ。きっと気に入ると思う」

「……家族の団欒なのに、いいのか？」

「全然ＯＫ。弟もいるから親は弟に任せるし、絶対うまいもん食わせるからっ」

正体のわからない圧を感じても、次の約束を取りつけずにはいられなかった。

親や弟のいるところに引っ張りだすのはどうかと思いつつも、そうすれば警戒しないで来てもらえるかも、という狙いもあった。連絡先がわからないなんて普通はありえない話で、正直どうしていいかわからない。昭和かとツッコミたくなる状況だ。とにかく音信不通になるのだけはさけたかった。そんなことになったらあとで必ず後悔する。

「わかった。明日の夜七時に」

「待ってるからな。絶対、絶対来てくれよ。食事のあと……俺はまたふたりで会いたいけど、実際どうするかはそっちが決めていいから」

「──俺は……お前に決めてほしい」

「マジで?」

それはつまりそういうことだよな、食事だけじゃなくセックスもOKってことだよなと目で食らいつくと、迷う様子もなくうなずかれる。

そのまま流れるような動作で、蛟は部屋をあとにした。

がつがつしていて必死な自分が恥ずかしかったが、明日、正確には今日の夜、また会えると思うと胸が弾む。

そのうえセックスもできることに歓喜して、乱れたベッドにダイブした。

蛟に巻いてもらった頭の包帯をなでつつ、行為の際に腰の下に敷いていた枕に目をとめる。

少量だが血が付着していて、男同士のセックスに対する無知と、相手に対する気遣いの足りなさを反省させられた。それでいて、最高によかったセックスの余韻を感じる。

——男とするのが、こんなにいいもんだと思わなかった。ギャップが面白いっていうか、単純にしめつけが強烈っていうか。とにかくインパクト強すぎ。竜嵜も沢木を抱いて、アイツの体に溺れてるのか？

自分以上に大柄な竜嵜が細身の沢木を組み敷く姿を思い浮かべるものの、薄ぼやけた妄想は鮮明で濃厚な現実に塗りつぶされる。

均整の取れた骨格としなやかな筋肉が成す蛟の体と、時折快楽に揺れる表情や声が、脳内を完全に占拠していた。それはもう圧倒的な存在感だ。

現実は当然リアルで、五感にしっかりと刻まれている。いい意味でとても重い。

——明日、潤滑ゼリーとかいろいろ買っておこう。

三度目の絶頂を求める体は奮い立ち、みなぎる欲望が下着ごと張り詰める。

火照る脚の間に手を伸ばし、なだめずにはいられなかった。

翌夕、約束を守った蛟はホテルに現れ、予定通りバーベキューに参加した。

Tシャツとハーフパンツという至極普通の恰好だったが、それでも人目を引く。

「兄貴って面食い？」

ガーリックシュリンプとホタテを汗だくになって焼いている最中、敬弘からささやかれた。

「友だち相手に面食いもなにもねえだろ」

「なんか雰囲気あるよな、オーラっていうか。兄貴の友だちにしとくのはもったいない」

「おい」

「だってなんか、格が違うだろ？」

「うるせえよ」

敬弘の頭を小突きたいのをこらえ、直弘と笑い合う蛟に目を向ける。

クールな外見からは意外だったが、子供のあつかいになれているようだった。

計略だのなんだのと意味不明の偽悪的発言をしていたのが嘘のように、面倒見がよくやさしいお兄さんという感じだ。篤弘の家族とすごす時間を、純粋にたのしんでいる様子に見える。

――やべえ、笑顔が可愛いとか思ってるし、俺……絶対おかしいよな。

客観的に見れば、カッコイイ系の男のさわやかスマイルだとわかっていた。顔も体もしゅっとしているし、どこからどう見ても可愛い系ではないだろう。

それなのに、やたら可愛いと思ってしまう。

色っぽいとか艶っぽいとか、そういう性的な含みのある可愛さ――。

格が違うという敬弘の発言にしても、納得できる部分が大きくて腹が立たなかった。

家族には、沢木の友だちで遊んだことがあると嘘をついて簡単に紹介したが、母親はもちろん父親まで、「沢木くんの友だちだけあってカッコイイ」と声のトーンを上げる始末だった。

自分もそれなりにほめられて生きてきたが、一般人レベルのカッコイイと芸能人レベルのカッコイイは段違いだとわかっている。沢木と蛟は、そこらへんにはいない超のつくハイクラス。本来ならテレビの中にいるようなイケメンだということだ。見れば見るほどそう思う。

「兄貴、友だちいんのに相手しなくていいのかよ。怪我してんだし、あんま汗かかないほうがいいぜ。あとは俺やるから」

「そりゃどうも。けど誘った以上はうまいもん食わせてやりたいし、俺がやる」

「あっそ、じゃあお好きに」

せっかく気をきかせてやったのにと不満げな敬弘を横目に、トングを使ってホタテのバター焼きをつまみ上げる。

バターをキツネ色にしながらジュージューやっていると蛟が寄ってきて、敬弘と自分の間に立った。

「俺も手伝う」

熱気ムンムンの鉄板のそばにいても、清涼感たっぷりのイケメンぶりだ。

人見知りの敬弘は「お願いします」といい残し、さりげなく逃げだした。

おかげで蛟とふたりきりになれる。

「手伝いとかいいぜ、もうすぐできるし」

「なんだか申し訳ない。あまり、人に世話を焼いてもらうことになれてないんだ」

「そうなのか？　俺としてはおもてなし的なことしたいんだけどな」

「気持ちだけで十分だ」

王子様っぽい外見を持ちながら、人に世話を焼いてもらうことになれていないという蛟に、今日も好感度がはね上がる。

以前は育ちのよいお嬢様系女子に価値を見いだしていたが、蛟をそういったものさしで見る気はなかった。

高価なボードを持っていたり、それを平然とビーチに置いてきたり、寿司を店で食べたことがないといったり、裕福なのかそうじゃないのかよくわからないが、どちらでもよかった。

「ホタテ、好きだよな？」

「ああ、肉厚でうまそうだな」

「バター醤油が抜群なんだ。毎年このために日本から醤油持参で来てるんだぜ」

「ヨダレ垂らしそうな顔してるぞ」

くすっと笑う今夜の蛟は、年相応に見える。昨夜とはかなり印象が違っていた。

セックスした次の日に家族のいる場に誘うなんて失敗だったかと気になっていたが、逆によかったと思える。子供キャラの直弘のおかげかもしれない。

「これ、できたのから運んでくれ。そこのデカいのが父親の分。よく食べる人なんで」

「そうみたいだな。さっきからステーキとかサラダとか、ずっと食べてる」

皿を受け取った蛟は、青いＬＥＤライトで装飾されたプールサイドから、家族団欒の席に目を向ける。

すでに日は落ちていたが、まぶしいものでも見るような顔つきだった。どこかもの憂げな表情にも見える。

「うちの親がどうかした？」

「あ、いや……なんでもない」

「まさか、根掘り葉掘り要らんこと訊かれてないよな？　絶対するなっていってあるけど」

「いや、まったく。お前のことを話してた」

「俺のこと？」

「ああ……その、頭の怪我をして以来、空元気（から）っぽかったからハワイに来るのを迷ったけど、来てよかったっていってた。友だちに会えたせいか、元気が出たみたいで安心したとか、そんな感じのことを」

「ほんとは初対面とかいえないな」

「ん……お前のうちは、家族仲がいいんだな。俺には親兄弟がいないから新鮮というか、少しうらやましい」

「そう、なんだ？」

「――お前は愛されてる」

「……え、あ、愛？　えっ、うん……まあ、そうだけど……」

「まぜてもらってなかなかたのしい」

蛟はそういうと、にこりと笑う。

昨夜はよくわからないシリアスなムードだったのに、今は確かに笑っている。

そのくせ、やはりどこかもの憂げな印象を受けた。

発言からして、あまり家族愛に恵まれなかったのかなと思うと、胸に迫るものがある。

色気のないバター醤油の香りに包まれながら、ぎゅっと抱きしめたくなった。

しかしそれには外野が邪魔だ。家族は大事だが、今この場にはいなくていいのに……。他の客も誰もいないところに移動して、指を絡ませたり身を寄せ合ったりしながら話せたら、どんなにいいか——。でも、家族の前だからこそ蛟は素顔を見せてくれたのかもしれない。それならやっぱり、これでよかったのだろう。

「蛟は、ひとり暮らしなのか？」

「ああ、いわゆる天涯孤独ってやつだ。けど、仲間が一緒でさわがしいときもある」

「仲間？　友だちじゃなく？」

天涯孤独という、自分のまわりでは聞いたことがない状況におどろいた。でもそれ以上におどろいたのは、仲間という発言だ。

日常あまり聞きなれない言葉だった。

漫画やゲームではよく使われていても、実生活では縁がない。自分の認識では友だちより上に位置づけられる言葉だ。リアルで使うのはだいぶ恥ずかしい感じがしてしまう。

「蛟がいう仲間って、どういう系？」

「説明するのはむずかしい。仲間は仲間としかいえない」

「——秘密が多いな」

「すまない」

蛟にとっての仲間とは、男なのか女なのか、どういうポジションなのか考えていると、胸のあたりがもやもやした。

十八歳にして天涯孤独なのは気の毒に思う一方で、蛟が仲間と呼ぶ存在に嫉妬めいたものを感じる。かといって仲間のひとりに加わる気はなく、友人より仲間より、もっと特別な存在になりたいと思った。高望みかもしれないが、少なくとも初めての男にはなれたのだから、それくらいを目指しても許される気がしていた。


夕食後はふたりで部屋に向かった。

旅行先で異性をホテルに引っ張り込んだら大目玉を食うが、同性のうえに日本で交流のあった友人と嘘をついたため、親からの干渉は一切なかった。

自分から誘ったようでもあり、蛟がついて来たようでもある曖昧な流れで――ある意味とても自然な流れでふたりきりになれたので、内心ホッとする。

ゲイセックスについては、日中スマホを使って学んでおいた。

なんとなく知っている気になっていただけで、昨夜の自分はダメダメだったなと反省した。

今夜は蛟を四つん這いにして、潤滑ゼリーを後孔に垂らす。

「初めてで正常位はきついって書いてあった。そういうこと全然知らなくて、ほんとごめんな。昨日は血も出てたし、痛かったよな？」

「――ッ、ゥ」

つぷりと指を挿入すると、高く上がっていた腰が引ける。

今夜も蛟は従順で、ヌードモデルのように服を脱ぎ、一緒にシャワーを浴びるのも嫌がらなかった。ベッドの上でも指示通りに動き、なんのためらいもなく獣のポーズを取った。

「あ、また髪乾いてる。ほんと嘘みたいに速乾だな」

「それは……今、気にしないでくれ」

「確かにそんなことといってる場合じゃない。こうやってゼリーを奥に運びつつ、縦にも横にもじっくりほぐさないと」

「……ッ！」

指を二本挿入して前立腺をさぐり当てると、蛟は両手でシーツを握りしめる。

嬌声(きょうせい)を漏らすことはなかったが、反り返る背中のふるえが快感を示していた。

無駄な肉を削(そ)ぎ落とした尻は見るからに硬そうで、さわってみても本当にかっちりとしている。それでいて、谷間にあるすぼまりはやわらかい。色からしてやさしく、指の動きに反応してひくついていた。理性の箍(たが)をたやすく外す、インモラルな肉の孔だ。

「前立腺、ここで間違ってないよな?」

「——……ッ」

指を出し入れしながら訊いても、蛟はなにも答えなかった。

恥じらっているというよりは、声が出せないように見える。

「ちゃんと答えてくれ。ここで合ってる?」

「……ゥ、ア!」

蛟はぐわりと勢いよく頭の位置を上げ、言葉の代わりに体で答えた。性器はたかぶり、腹に張りついて、後ろからはまるで見えなくなっている。

「お前のこんなエロい恰好……誰も想像できないだろうな。尻の穴に指入れられて、すごい、気持ちよさそう」

「——ク、ゥ」

握ったシーツをかき乱しながら悶(もだ)える蛟の姿は、写真や動画として残さないのがもったいないくらい極上のものだった。

下世話な話、どんなに金を出したってこんなハイクラスの美男が出演するＡＶは観られないだろうし、金でどうこうできるとしたら石油王くらいのものだろう。

そこらへんの高校生である自分が好きにしているなんて、嘘みたいだ。夢かもしれない。

「……ッ、ア……ゥ……」

格が違うという敬弘の言葉通り、なぜ蛟が自分のいいなりなのか気になった。でも今はそれ以上につながりたい。嘘のような夢のような出来事が、現実であることを実感したい。下手に問い詰めて抱けなくなるくらいなら、なにも知らないままでいいとさえ思う。

「蛟、ゴムつける間……ここ、自分で拡げておいて。せっかく拡げたのが閉じないように、親指で左右にグイッて」

少し意地悪な気持ちがあったのかもしれない。どこまでやってくれるのか試したい気持ちもある気がする。

指を抜きながら指示すると、蛟はためらいつつ両手を後ろに持っていった。

左右の硬い肉を自分で鷲づかみにして、ぐいぐいと外側に開く。

「うわ、すんごい眺め。穴の中っていうか、内臓まで見えてるぜ。やっぱ……赤いんだな」

「そんなこと……いちいち、いうな」

「嫌ってことはＭじゃないんだ？」

「違うって……いったはずだ」

「説得力なさすぎだって」

グロテスクともいえる体内の一部を前に、かつてない興奮を覚える。

蛟の爪や指は圧力で白くなっていて、指の間の肉も白く見えた。

拡げられた後孔から、押し込めておいたゼリーがとろりとこぼれる。

いやらしい。やばいくらいエロティックで、股間がパンパンにふくれあがる。

「挿れるぜ」

追加購入したコンドームを手際よく装着し、脈打つものを蛟に向けた。熟れて濡れた穴に先端を当てると、昨夜同様、硬化した塊がジュプジュプと呑み込まれていく。

「ウ、ッ……ア……」

「……ハ、ア……」

蛟の手で拡げられた尻肉の狭間に、正直な欲望を容赦なくねじ入れる。

蛟がなぜこんなことまでさせてくれるのかわからなかったが、好意はあると信じたかった。

ビジュアル的にも雰囲気的にも格が違うとしても、自分も平均以上にモテるほうだ。

昨日も思ったが、蓼食う虫も好き好き、あばたもえくぼというし、どこかしら蛟の琴線に触れる部分があるんだと思いたい。

実際には横恋慕の末に失恋して自棄(やけ)になっている可能性が大だが——少なくとも自分は、沢木に失恋して自棄になっているわけじゃない。まったくタイプの違う蛟に欲情している。

なにを引きずっているわけでもなく、まっさらで瑕疵のない情動だ。

「蛟……明日も、会いたい……ッ」

今日が終わらないうちに、明日の約束を取りつけたくなる。

油断して眠っている間に蛟が帰ってしまい、もう会えなかったらどうしよう——つながっている瞬間ですら不安を覚えた。好かれていると信じたい気持ちの裏には、信じきれない気持ちが同じくらい強くあり、約束が欲しくてたまらない。

「蛟、明日も……っ、会えるよな？」

「ウ、ゥ……ッ」

返事をする余裕を与えない勢いで蛟の腰を突きながら、答えを求める。

今夜と同じように約束通り会って、もっといろいろなことを話したかった。

蛟は秘密主義といってもいいくらい秘密が多いが、毎日会えば少しずつ謎が解け、体と同じように中身もさらしてくれるだろう。今夜だって、家族をまじえながらもいろいろと聞けた。

高校三年生だが進学はしないつもりだとか、近所の子供に勉強を教えてやっているとか、過疎地の出身だとか——具体的な地名や学校名はいいたくないようで濁していたけれど、普段の生活がなんとなく見えてきた。

「体、しんどいなら……しなくたっていい。ただ、明日も会いたい。飯でも買いものでも、なんでもいい、から……っ」

「――ッ、ァ！」

「蛟……俺、明後日の夕方、日本に帰る」

「わか、った……明日、夜……遅くなら」

蛟の背中におおいかぶさり、小刻みに腰を動かしながら前立腺をさぐる。

引きしまったウエストを両手でつかみ、もっとも感じる場所を執拗に突いた。

「……ゥ……ァ！」

「日本でも会えるよな？　静岡まで行くから、自宅の電話番号とか住所とか、教えてくれ」

「電話……持って、ない。住所も、ない」

「は？　なんだよそれ、ふざけてんのか？」

「そう……じゃない……事実、だ……」

「あり得ねえ……あんな高級ボード使ってる奴が住所不定とか、そんなのあるかよ」

「金の問題じゃない。お前が知らない世界も、世の中には……ある」

「そんなん、意味わかんねえよ！」

ズンッと奥まで腰を進め、片手を蛟の頭に持っていく。

半ば強引に顔を背後に向けさせ、キスを求めた。

「ン、ゥ……ク、フ……」

濃厚に舌を絡めながら、さけられているのかいないのかわからずに、いらだちに駆られる。

それはそのまま、現代人として当たり前のものが手に入らない不満でもあった。

電話番号やメールアドレス、各種SNSのアカウントを知っているだけでつながりが確保された気がして、安心できるのは確かだ。自宅の電話や住所すらないといわれたら、どうしていいかわからない。

「とにかく、帰国後も会えるよな?」

「……お前が、そう望むなら」

「――ッ」

苦しげに吐きだされた言葉が、胸に詰まる。

ストレートに「ああ」と答えるでもなく、「会おう」でもなく、義務的にこちらのいいなりになる蛟の言動が悲しかった。

自分が求めているのは、蛟からの純然たる好意と、能動的な接触だ。

「……ゴム、外していいか? 生でしたい」

いらだちに任せた嫌がらせが半分、自分の存在を刻みたい衝動が半分――そんなどろりとした気持ちのまま、腰を引く。

「ク、ゥ……!」

いきなり楔(くさび)を抜かれた蛟の尻は、宙に高く上がったまま痙攣(けいれん)した。

構わずゼリーまみれのコンドームをつまみ、外すなり蛟をつらぬく。

「――ゥ、アァ……！」

なにをされても声をひかえていた蛟が、たまらず嬌声を上げた。

自分もまた、ひざから上をぶるりとふるわせ、絶頂に限りなく近いところまで上り詰める。

「――ッ、ァ……蛟……！」

薄いゴム越しではなく、肉と肉が直接触れ合うセックスは気が遠くなるほどよかったが、がむしゃらに腰を動かしながらふと気づく。

蛟の声で、まだ一度も名前を呼ばれていない。

平常時もベッドでも、一度もだ。

「蛟……蛟、ごめん、悪かった。勝手に中に出したりして」

事が終わった途端に嫌われるのが怖くなり、うつ伏せになった蛟の背にすがる。

やってしまったことの始末をつけるために腫れた後孔に触れると、少し拡げただけで精液がとろとろとあふれてきた。

「ごめん、ほんとに……俺……」

「お前に、黙っていたことがある」

さらに続けるはずだった謝罪の言葉が、枕に突っ伏していた蛟によってさえぎられた。

なんだか嫌な予感がする。秘密が多すぎる蛟が、改めて告白することはなんだろう。

――黙っていたこと？

それはたぶん、学校名だとか住所だとか、自分が求めている情報ではなさそうで、聞くのが少し怖かった。

引っ張りだしたティッシュを握りしめ、平和的な告白を無心に祈る。

「お前とビーチで会ったとき、俺がおどろいたのは……お前を知っていたからだ」

「――え？」

「沢木潤の友人として知っていた」

あふれだす精液をティッシュで拭いながら、愕然とする。ついこの前まで好きだった親友の顔が浮かんだが、おどろきのあまりしばらく反応できなかった。

「……っ、沢木のこと、知ってるのか？」

「お前が親についた嘘は、半分事実だ。俺は、お前から潤をかすめ取った竜嵜可畏の知人で、潤とも面識がある。黙っていて悪かった」

蛟は起き上がってこちらを見たが、おどろきのあまりまともに目を合わせられなかった。

混乱の中でとりあえず、汚れたティッシュをゴミ箱に捨てる。

その作業が終わってしまうと行き場に迷う手を、無意識にこめかみに寄せた。

そこには包帯があり、怪我のことを思いだす。

沢木と竜嵜、謎の事件。関係あるのかないのかわからないものが次々と浮かんできて、頭が痛くなりそうだった。

「そのこと、なんで黙ってたんだ？」

当たり前の疑問を口にしてみたが、蛟は視線をシーツに向けて押し黙る。

なんと答えるべきか迷っているように見えた。

ありのままを正直にいえばいいだけのことなのに、なにか迷っている。考えている。

――蛟が好きだった相手……無理にでも横取りしたかった相手は、沢木ってことか？

そうなんだろうと思った。そこはたぶん間違いないだろう。

そう考えると、これまで自分に隠していたのもしかたがないと思えてくる。今こうしてうつむいて、ハッキリいえない気持ちも少しは理解できる。

「……今になって急に、話した理由は？」

「お前に教えられる連絡先が、ないから」

「――っ、蛟……」

せめてそれくらいは、自分につながる人間の名前くらいは、念のためいい残しておく――そう考えてくれた蛟の想いを知ると、それだけでモヤモヤとしたものが晴れた気がした。

沢木や竜嵜とかかわっていようと、同じ相手に失恋した者同士であろうと、それは始まりのきっかけにすぎない。

この先の自分たちの関係は、ここにいるふたりだけ、一対一で新たにスタートするものだ。少なくとも自分はそうしたいと思っているし、蛟にもその気があるから話してくれたんだと思いたい。

「蛟……日本で、また会えるよな？」

首筋に触れると、蛟は口元をほころばせる。

どことなく恥ずかしそうな顔をしながら、こくりとうなずいた。


日本に戻って六日経っても、蛟が会いにくることはなかった。

電話や年賀状もなにもなく、待っている間に三学期が始まってしまった。

ハワイで蛟とすごした最後の夜の別れ際、しつこいのを承知でもう一度連絡先を訊いたが、やはり教えてもらえなかった。自分の個人情報をたんまりと書いたメモを渡し、帰国後はスマートフォンを肌身離さず、ひたすら連絡を待っている。

「落ち着いたら会いにいく」

最後に聞いた言葉を頼りに、いつでも会えるようにして待っていた。

——落ち着いたらなんて曖昧な約束するんじゃなかった。多少強引でも日時指定すればよかったんだ。そうすりゃ沢木や竜嵜に頼らなくても済んだのに……。

六日で我慢の限界を迎え、蛟の知り合いの沢木に連絡を取った。

沢木に頼ることは竜嵜に頼ることでもあり、不本意だったが背に腹はかえられない。

待ち合わせ場所はホテルのカフェだ。竜嵜グループのホテルで、当然一流。普通なら高校生が利用できるホテルじゃない。

十階まで吹き抜けの贅沢なロビー内にある店は、静かなうえに開放感があった。

元々はよく行くファミレスを指定したが、「会長さんを連れてきてほしい」と沢木に求めると、「それなら場所はこっちで決める」といわれて今に至っている。

呼びだした以上はおごるつもりでいるものの、千円以下のものがなにもなく、メニューを見るなり財布の中身を確認してしまった。

友人からは金持ちだのセレブだのと茶化されるが、金を持っているのも知名度があるのも父親であって、勘違いしてはならないと思っている。そういう教育を受けてきたので、財布に何万も入っているとか、無制限に使えるカードを持たされているなんてことはない。

「森脇、待たせてごめん。道が混んでて」

パタパタと足音が迫り、沢木が手を振りながらやってくる。

答える前に、「ほんとごめんっ」とさらに謝られた。

「いや、呼びだして悪かった。運転手つきの御車で来たのか？」

「御車とかいうな。それより頭の怪我はもういいのか？」

「ああ、包帯も取れたし。ハワイも予定通り行けたくらいだから」

「そっか、よかった」

べっこう飴みたいな色の髪を揺らして笑う沢木は、以前にも増して綺麗だった。

天使のようにやさしげで華があり、そこにいるだけで周囲の空気を明るく変える力がある。

生まれながらにスターというか、姿形が整っているだけじゃない輝きの持ち主だ。

「心配かけて悪かったな。見舞いにも来てもらって」

「いや……よくなってほんとよかった」

竜泉学院の制服姿の沢木は、同じ制服を着た竜嵜と並んで座る。

竜嵜は、目にするなり後ろに引きたくなるような体格と、人並み外れた威容を誇る男だ。

今の自分は一流ホテルのカフェを当たり前に使っていい立場ではなく、十年とはいわないまでも五年は早いと思ったが、竜嵜はすでになじんでいた。

裕福な育ちの御曹司だから……というより、生まれながらに支配者側の気質を持つ人間に見える。今後どう転んでもその他大勢の働きアリにはなりそうにない、圧倒的なカリスマオーラを立ち上らせていた。

「潤よりも俺に訊きたいことがあるそうだな。いったいどういう用件だ？」

珈琲を頼むなり本題に入ろうとした竜嵜に、今日もまた気圧される。

癪だが、理屈ではなくなんとなく怖いのだ。

すごまれたわけでもにらまれたわけでもないのに、逃げだしたくなる嫌な感じがした。

自分でもよくわからないし情けないが、どうしても一緒にいたいと思えない雰囲気の男だ。

——近距離で面と向かって見ると、やっぱすごい貫禄。なんつーか、猛獣っぽいんだよな。

けどもっと大きい……大仏とか見上げてる感覚。

コホンと咳ばらいして、見たくない竜嵜から視線をそらす。

綺麗可愛い沢木の顔に目をとめて心を中和させ、覚悟を決めてからふたたび竜嵜を見た。

輝く白眼が印象的な目は、瞳が黒く、虹彩も黒いが血のような赤がまざっている。

なぜかわからなかったが、やけにリアルに蛟の目を思いだした。

色はまったく違うのに、どこか通じるものを感じる。

「ハワイで……汪束蛟と会った。それで、ふたりの知り合いだって聞いたもんだから」

思いきって蛟の名を口にするや否や、沢木が「えっ⁉」と大きな声を出す。

洗練された大人ばかりの空間に声がひびき、沢木は周囲にペコペコしながら口をふさいだ。

「ほ、ほんとに蛟に会ったのか？」

「ああ、偶然会って……プロサーファーかと思って俺から声をかけた。それで、ちょっと仲よくなって……向こうで一緒に遊んだんでまた連絡取りたいんだけど……帰りぎわに訊き忘れて。ふたりの知り合いだっていってたから、アイツのこといろいろ教えてもらおうと思って呼びだした。急に悪かったな」

「すごい、ビックリ……ハワイで、会ったんだ？　蛟ってサーフィンやるんだ？」

「知り合いなのに知らないのか？　一度しか見てないけど、半端なかったぜ」

「まあ、いわれてみると意外じゃないかも」

「俺に頼る前にまず、蛟のことで知っていることをすべて話せ」

竜嵜から命じられ、こめかみがぴくっと反応してしまう。

偉そうな態度を取る男が嫌いなのでイライラしたが、今はしかたがない。こちらから頼んでわざわざ出てきてもらったので、なにをいわれても我慢するしかなかった。

こめかみの緊張を解き、眉間のシワをなんとか伸ばして、竜嵜の意図をさぐる。

蛟が秘密主義者でなかったとしても、今日日（きょうび）は個人情報を他人にペラペラと話していいわけじゃない。竜嵜はこちらがどこまで知っているかを把握したうえで、対応しようとしているのだろう。

「名前と、あとは年齢。それと……同じ学年で、過疎地に住んでるってこと。家は静岡（しずおか）の近くで海沿いらしい。携帯も家の電話も住所もなくて、親兄弟がいなくてひとり暮らし。たぶん、離島とかに住んでるのかも」

「それだけか？」

「あと……サーフィン始めたのは中学のときで、今はプロ級。料理が好きで……特に魚料理が得意らしい。マグロが一番好きだとか」

竜嵜に訊かれたことを答えているうちに、なんだかさみしくなる。

セックスのときの蛟の表情や声を知っているが、人に話せる範囲で知っていることはあまりに少ない。

早く会いたくて、蛟のことを知りたくて、どこに向かえばいいのかわからない熱を感じながら顔を上げると、沢木がやけに気になる表情を浮かべていた。

「沢木？　なんでそんな顔してるんだ？」

ホッと胸をなで下ろしている沢木の様子が、ひどく気になる。

言葉にしたあとになって、沢木がなにか隠していることに気づいた。

蛟は、沢木や竜嵜が知られたくないなにかを……ふたりの秘密でも握っていたんだろうか。

それが蛟の口から洩(も)れていないとわかって、沢木は確かに安心している――そんなふうにしか見えなかった。

「お前、なにか知ってるんだな？　蛟はいったい何者なんだ？　住所不定なんて嘘(うそ)なんだろ？　どこに行ったら会えるか教えてくれ。アイツ、日本に戻って俺と会うって、会いにくるっていったくせに来ないんだ！」

「も、森脇……落ち着いて」

ふたりが知っている蛟のことを、自分だけが知らない。そう思うと心が乱れて、テーブルに両手をついて身を乗りだしていた。

「俺が落ち着いてほしいのはアイツのほうだ。帰国後、落ち着いたら来るっていってたのに全然こない。いくら忙しくたって電話の一本くらいできるはずだろ？」

「えっと……蛟と、なにかあった感じ？」

「……べつに、なにもねえけど」

「ないわけないだろ」

　こちらの勢いにひるんでいる沢木とは対照的に、竜嵜は至って冷静だった。

　無表情から一転、口角を上げて笑う。

「お前、蛟に抱かれたのか？」

　肉厚の唇からこぼれた言葉に、ぐっと息を詰めた。

　赤の他人の竜嵜だけならともかく、沢木の前で男と寝た事実を認める気はなかったが、自分が抱かれる側だと決めつけられたことで気持ちが揺らぐ。

「――抱かれてなんかいない」

　男に抱かれることに対してどうしても拭えない抵抗感があった。自尊心のための否定だ。かといって蛟の立場を考えると、「抱いた」とはいえない。

「抱かれてないってことは、抱いたのか？」

　竜嵜はさらに追及してきて、これまでとは違う反応を見せた。

　表情を抑えているものの明らかにおどろき、隣の沢木と目を見合わせる。

ふたりとも、信じられないといわんばかりの顔つきだった。

「本当に奴を抱いたのか？」

もう一度訊いてきた竜嵜の目は、好奇心というよりは、やはりおどろきに満ちている。

「抱いたとはいってない。けど……いったいなんなんだよ。俺は蛟より少しだけどガタイいいし、俺と蛟がそういう関係になった場合、俺が男役だと意外ってことはないだろ？」

「そ、それはそうだけど……どっちが上でも下でも、アリといえばアリなんだけど……」

「だけど、なんだよ」

「え……いや、なんていうか」

めずらしく歯切れの悪い沢木の言葉に、蛟を待ち続けた六日分の不安がよみがえる。

格が違うとかいろいろと自覚している部分はあるが、蛟とベッドですごした時間は夢じゃない。現実として確かにセックスをしてキスをして、恋人同士のようにすごしたのだ。殴るだの蹴るだのサンドバッグだのと妙な発言もあったが、会うたびに距離は縮まって、最終的にはいい雰囲気で再会の約束ができたと思っている。

あの時間を信じて会いたがることが、思い上がった考えだとは思えない。

「傑作だな、お前は大した男だ」

「……なんだよそれ」

沢木はなにもいわず、代わりに竜嵜が嗤いだした。嫌な笑い方だ。

「ウサギがワニに種つけするみてえな、荒唐無稽な話だな。蛟がなにを考えてるのか推測はつくが、理由はどうあれアイツを抱いたことをお前は誇っていい」

「蛟が、なにを考えてるって？」

　自分がなぜウサギなのか、そして蛟がなぜワニにたとえられるのかまったく理解できないまま、さらに身を乗りださずにはいられなかった。

「竜嵜、なにか知ってるのか？　蛟は最初……なんとなく自暴自棄で……変だった。次の日に会ったときはそうでもなかったけど、なにか隠してるふうだった。知ってるなら教えてくれ」

　蛟が出会ったばかりの自分のいいなりになっていた理由を、聞けるものなら聞きたかった。

　竜嵜と沢木の関係を蛟が妬み、竜嵜から沢木を奪おうとした件が関係しているのかと思ったが、自分との接点は見えないし、勝手にあれこれ想像して悩むのは違うと思っている。

「俺から教えられることはなにもない。蛟が会いに来ると約束したなら、あせらずに待っていろ。落ち着いたらじゃなく、雨が降ったら必ず来る」

「……雨？」

「あっ、森脇、今週末たぶん雨。天気予報で見た気がする」

　竜嵜の謎の予言に続いて、沢木はうれしげに頬をゆるませる。スマートフォンを取りだして天気予報を確認すると、「よかったな、もうすぐ会えるかもっ」と、喜色満面でいった。

　結局、竜嵜から蛟の情報を聞きだすことはできず、さらに思い通りにいかないことに、高いカフェの代金を竜嵜の側近に先まわりして支払われてしまった。

誘った人間が出すべきという親の教えも守れずに、帰宅後は悶々と逆さてるてる坊主を作る破目になる。

夕食時、「しばらく雨降ってないから降ればいいのに」とつぶやいたら、末弟の直弘から「てるてる坊主の逆さ吊りがきくよ!」とすすめられたからだ。

敬弘からは「黙ってても週末降るよ」といわれたが、作らずにはいられない気分だった。

もちろんそんなものに効果がないことはわかっている。ティッシュの無駄だってこともよくわかっている。

でもこれは、無駄であって無駄ではない。オリンピック選手が試合前に編みものをするようなものだ。自分の気持ちをなにかにこめることで精神の乱れを落ち着かせ、いらだちを抑える。

「ルーク、コラッ、いたずらすんな」

自室に入れていたゴールデンレトリバーのルークが、逆さてるてる坊主を鼻先でついと引っくり返すのであせる。サイダーをあおるわずかの間に、三つも引っくり返されていた。

「のっそりなクセに悪さだけは早いな」

みんなが甘やかして育てたため、ルークはこの犬種にしてはいたずら好きだが、しょんぼり顔で反省を見せるところは可愛い。

「これは逆さじゃないとダメなんだ。お前は雨嫌いだろうけどな」

ルークは「フゴッ」と豚のような声で鳴きながら、ふさふさの尻尾を大きく振ってよろこぶ。

そうかと思うと室内をうろつきだし、床に鼻を近づけた。

「トイレか？　出してやるから行ってこい。そのまま母さんとこで寝ろよ」

閉じていたドアを開け、ルークを廊下に出して施錠する。

そうしてふたたびサイダーをあおり、一体残らず逆さにしたてるてる坊主を見下ろした。

――蛟は雨男なのか？　いや、違うよな。ハワイでは雨なんか降らなかったし、竜嵜がいってたのは「雨が降ったら必ず来る」だ。あくまでも雨が降るのが先。

年明けから晴天が続いていたため、だから来なかったのかと思うと、晴れていた日々がうらめしく思えた。どういうことなのか事情はさっぱりわからないが、雨が降ったら会えるならとにかく降ってほしい。いくらでも降ってほしい。

――蛟が使う交通機関が麻痺しない範囲で降ってくれ。雨、ザンザン頼む。

ティッシュの箱が空になるまでてるてる坊主を作り、全部を逆さに固定する。

さらに両手をパンと叩き、雨乞いした。

雨がしとしと降るイメージに、青いサーフパンツ姿の蛟が重なる。

ここは日本で、今は真冬だが、蛟なら相当薄着でも平気な気がした。

絶頂の瞬間ですら体温が低い彼を、常識では計れない。

――あのひんやりした体が気持ちよくて……それでも少しずつ熱くなるのがもっとよくて、

感じて息や声が乱れるときとか、肌に赤みが差したときとか、すごい好きだ。アイツ……裸を見せるのは恥ずかしがらないくせに、顔は結構……隠そうとしたりして。

目に焼きついている彩りを思いだしながら、先ほど施錠したドアに目を向ける。

床に敷いたラグからベッドの上に体を移し、パジャマのズボンの中に手を忍ばせた。

少し前まではパジャマなど着なかったが、拉致暴行された際に着ていたジャージは気持ちが悪くて捨ててしまい、入院中に用意してもらったパジャマを使っている。

――あの事件をきっかけに死生観とか変わったし、ものの見方も変わった気がしたけど……それ以上に変わったのは、蛟と出会ってからだ。どう見ても男らしい男の体なのに、夢にまで出てくるし、妄想すると必ず欲情する。毎日でも会いたくて……会えなくてイライラするし、いつだって去る者追わずだったのに、沢木や竜嵜の前でみっともないとこさらして……。

自室のベッドで下着の中をさぐり、サーフィンをしていた蛟の姿を思い返す。

Tシャツとハーフパンツを着ていたバーベキューのときの恰好(かっこう)や、意外と屈託なく笑った顔、家族仲をうらやましがっていたときの表情も、まぶたに刻まれている。まだ六日しか経っていないなんて嘘みたいだった。軽く三倍や四倍くらい待った気がする。

――蛟……。

ベッドでの乱れた姿が浮かんでくる。

盛り上がった蛟の胸や、割れた腹。奮い立つ性器や、尻や脚を想像する。

肉体美だけでも股間に来るものがあったが、そこに蛟のイキ顔を加えると、股間どころか胸までふるえた。

——あの澄ましたS顔を、もっとピンクにさせて……ゆがませたい。キスしながら、メチャクチャ犯して……中に出して、声とか、もっと上げさせて……。

筋肉質な胸にある乳首を指でしごいて、硬くとがらせたかった。

嬌声を殺す蛟の表情を眺めながら、下へ下へと顔を埋めたい。

——アレを、しゃぶってもいいっていうか、むしろ、アイツのならしゃぶりたい。

蛟の股間に生えていたアッシュブロンドのアンダーヘアと、形のいい性器を思うだけで血が滾る。

「……ッ、ハ……ゥ」

蛟に会いたい、キスしたい、抱きたい——脇目も振らず育つ恋情に身を任せる。

パジャマのズボンも下着もまとめて下ろして、ガチガチに硬くなった性器をしごいた。

——蛟……！

自分の股間にしゃぶりついてくる蛟の姿が見えてきて、その口に出したくてたまらなくなる。

ほんのり火照ったまぶたを目にするや否や、マグマのように熱いものが込み上げた。

逆さてる坊主を作ってから二日が経ち、理想的な形で天気予報が外れた。

金曜日の東京（とうきょう）は終日くもりのはずだったのに、下校前に天気が崩れて雨が降った。

最寄り駅の読売（よみうり）ランド前駅では、ビニール傘を求める人やタクシーを待つ人が列を成し、ざわついている。寒さがきびしく、突然の雨を歓迎する人はいなかった。

「森脇、傘どうもな。マジ助かったわ」

「いつも用意いいよな。折り畳みを持ってた俺も偉いけど」

友人の田村（たむら）と芝（しば）に、「そろそろ降る気がしてたから」とさりげなく返す。

そのわりにらしくもない、にこやかな笑みを向けてしまった。

あやしまれる前に顔を戻し、雨乞いグッズの一つとして持っていた傘を閉じる。

ある意味では直感ともいえるだろう。今日あたり降る気がしていたので、教室の窓を打つパタパタという雨音を聞いた瞬間ガッツポーズをこらえ、机に突っ伏して誤魔化した。

「なんか夜みたいに暗いな」

「まだそんな時間でもないのに」

駅に着いたころには、日没のように空が暗くなっていた。

太陽が雨雲に隠れているだけだが、時間の感覚が曖昧になる暗さだ。

「これからどうする？　ファミレス行く？」

「カラオケは？　雨だから混んでるかな」

どこにも行く気がなかったので、「んー」と曖昧に返しながら構内を見回す。

改札に向かうことも歩きだすこともなく、タクシー乗り場やバスターミナルに目を向けた。

こんなところに蛟が現れるとは思えなかったが、待望の雨が降った以上、その姿を求めずにはいられない。

——学校名は書いたけど学校の住所までは教えてないし、最寄り駅も伝えてない。早く家に帰らないと……。

本降りになっていく雨を見ているうちに、だんだんとあせりだす。こうしている間に、もしも蛟が自宅を訪ねてきたら大変だ。今日は家に誰もいないので、チャイムを鳴らして反応がなければ帰ってしまうかもしれない。

「早退すりゃよかった」

吐き捨てるようにつぶやいて、改札に足を向ける。

その直後、夢かと疑うような光景を目にした。

バスターミナルの先に蛟がいる。

「……ッ⁉」

記憶の中にある裸でもなければ下着姿でもなく、ハワイで見たラフな恰好でもない。

まったく想像していなかった学ラン姿で、ビニール傘を差して立っている。

——蛟？

期待しすぎて見ている夢かもしれない。他人の空似ということもある。

がっかりしないよう、あらゆる可能性を考えておいた。

現実ではなかった場合の絶望感に備え、目いっぱい期待値を下げておかないとダメージが大きい。

「うお、学ランイケメン。ほぼ脚じゃん」

「顔ちっさー。このへんで学ランめずらしいな」

田村と芝の言葉に、真実味が湧いてくる。

自分が見ているものが他人の目にも映る正真正銘の現実だと確信した。それでもまだ臆病な心のガードが働いて、やっぱり他人の空似かもと疑った。雨のベールを隔てているため、その可能性は否めない。

「……蛟！」

疑っても疑っても晴れていく、本物だけが持つミステリアスなオーラに惹(ひ)かれながら、雨の中に踏みだした。

背後で田村と芝がなにかいっていたが、聞き取れなかった。

バスのエンジン音も雨の音も消えて、蛟の声だけが聞こえてくる。

まだ一度も聞いたことがないのに、「篤弘(あつひろ)」と、脳の奥にじいんと沁(し)み込むような低い声で呼ばれた気がした。

傘も差さずに走ると、会いたかった人を前にして胸をふさがれる。

久しぶりだなとすらいえなくなった。他にもいいたいことが山ほどあるのに、洗濯機の中で絡まったシャツみたいに、どれか一つを引っ張りだせない。

会わない間に思い出を美化することはよくあり、実際に会うとふくれあがった想い（おも）がしぼむ可能性について考えたりもしていた。

そんなことまで覚悟していたのに、予想を裏切る歓喜に心はパンパンにふくらみ、はち切れそうになる。

——会いたかった。

とにかく会いたかった。会えてうれしい。そう伝えたくてもやっぱり言葉にならず、下手に口を開いたら情けない声が出そうだった。

篤弘が傘を差していないので、蛟が自分の傘を突きだし、その下に入れてくれる。

「濡（ぬ）れるぞ」

ビニール傘に打ちつける雨の音が、心音と重なった。

バチバチ、トクトク、どちらも速いリズムで鳴りひびき、おさまる気配がない。

「蛟……来て、くれたんだな」

「待たせて悪かった。落ち着いたら行くって約束したのに、なかなか落ち着かなくて」

蛟の言葉に、「うん」とだけ答えてうなずく。

本当は、落ち着く日を待っていたわけじゃなく、雨の日を待っていたんだとしても、今こうして予定外の雨の中、会いにきてくれたことがうれしい。事情はさておき、ただただうれしい。

「うちに来てくれ」

それだけいって蛟の手首をつかむ。

小ずるいルール違反だが、駅から少し離れた大通りに出れば、並ばずにタクシーを拾えることを知っていた。こんなこともあろうかと、財布の中身は普段より充実させてある。

タクシーの中では手をつなぐこともできず、会話の内容も限られるため口数が少なくなり、同性愛ならではのきゅうくつさを初めて知ることになった。

運転手つきの高級車で移動する竜嵜とつき合っている沢木には、こういった不自由さはわからないだろうな……なんて余計なことを考え、ふたりをうらやましく思う。

「……ハ、ッ……ゥ」

「ン、ゥ……フ……」

誰もいない自宅の、自分の部屋に蛟を連れ込み、すぐさまベッドに押し倒す。

父親は仕事、母親は習い事、敬弘は部活、直弘は塾に行くため、夜まで誰もいない。

窓の外は暗かったが、実際には夕方にすらなっていなかった。

「高校、学ランなんだな」

なぜか少しも濡れていない学ランを脱がしながら、蛟の首筋に顔をうずめる。

肌のにおいを嗅ぐと、どことなく潮の香りを感じた。

ハワイの海とは違ったが、それでもあの日々を彷彿とさせるにおいだ。

「校章とか、ないんだな。学校名、今もまだ秘密なのか？」

「いろいろ、事情があって……ネットで調べられても、出てこないし……」

「え、そんな学校あるのか？　超マイナー？」

「まあ、そんなところだ」

シャツのボタンを外し、乳首に唇を寄せる。

夢にまで見た突起にしゃぶりついた。

「――ッ、ゥ」

抑えながらも漏れる嬌声が、耳に心地いい。

湿った制服のスラックスの中で、熱っぽい欲望がメキメキと育っていた。早く蛟の中で弾けたくて、すでに危うくなっている。

ひくんと肩を揺らす蛟を組み敷き、ベルトに触れた。

ハワイでは軽装だったので感じなかったが、今は男の服を脱がしている実感が強い。

女の子のスカートの中に手を入れて、すぐ引き下ろせる下着を脱がすのとはわけが違い、ベルトがあり、スラックスがあり、その下にボクサーパンツがあって、どれも完全に引き下ろすのに時間がかかった。

「お前に会ったら、こうしたいと思ってた」

「……ッ、ァ」

もどかしくも蛟の下着をひざ下まで下ろし、あらわになった性器に食らいつく。

イメージ通り、この行為に対して抵抗はなかった。

蛟のもすでに勃起していることがうれしくて、わかりやすい体の構造に感謝したくなる。

「――っ、篤弘……」

じゅぷりと深くしゃぶると、頭上から蛟の声が降り注ぐ。

名前を呼ばれたのは初めてだ。

これまで一度も聞いたことがなく、日本で再会したら必ず聞きたいと思っていたひとことを、こんなに早く聞けたことがうれしい。

感極まって遠慮がなくなり、蛟のひざを開かせる。

脚にまとわりつく衣服を一気に下ろし、口にくわえていた性器をより深く食(は)んだ。

「……ッ、ゥ」

裏筋を下唇で圧迫して、先端を舌でほじくって刺激する。

先走りの塩味をかすかに感じると、ますます興奮した。

「蛟……俺の名前、初めて呼んだ」

「そうだったか?」

「そうだよ」

脚の間から顔を上げ、唾液に濡れた性器の先にチュッチュッと口づける。

そのたびに蛟はひざを揺らし、快感に肩までふるわせていた。

「もっと呼べよ、俺の名前」

「――篤弘」

「蛟……っ、もっと」

「篤弘……」

つながりたい欲求に燃えながらも、蛟の体を傷つけないよう最低限の冷静さを保つ。

ハワイで購入した潤滑ゼリーをたっぷり手に取り、濡れた指を尻の間に忍ばせた。

すぼまりにゼリーを塗りつけ、指を挿入して中にもゼリーを送り込む。

「……ッ、ゥ」

「お前とするの、夢にまで見た」

夢や妄想ではじっくりまさぐる余裕があったのに、現実は体がいうことをきかない。

どうしても先を急いでしまう。指にぎゅうっとやわらかく絡みつく肉の孔(あな)に、自分の一番欲深いところを収めたくて我慢できない。

「……会いたかった」

お前も会いたかった？　そう訊きたくても訊けなくて、蛟の体の反応にすがる。

訊いた場合に望み通りの答えが返ってくる保証はなかったが、蛟がこの家のこの部屋にいて、ベッドの上で全裸に近い恰好になり、快楽に耐えているのは事実だ。

裏筋をさらす性器から絶え間なくあふれる先走りも、次第に粘度が増している。

――変な始まり方だったけど……今は結構ちゃんと、好かれてるって思いたい。俺のほうが惚れてる感じで全然いいから、蛟も俺に会いたくて、雨を待ってたって信じたい。

蛟の体を斜めに倒し、反り返った自分の性器に潤滑ゼリーを塗り足した。

ゴムを隔てるのが嫌で、「生でもいい？」と訊くと、蛟はこくりとうなずく。

その仕草に感極まり、硬くみなぎったものを握り、肉孔に突き立てる。

「――ッ、ゥ……」

「ハ、ッ……」

斜めから挿入すると、引き絞られた上体がひねられ、ぐんっと張られた胸がよく見えた。

淡い乳首は色づき、痼っている。

「蛟……ッ、ァ……」

ズブズブと奥に進みながら、片手をそこに伸ばした。筋肉で盛り上がった胸全体をなで、乳首を指の腹で転がしてはつまみ、貪欲に脈打つ性器をさらに奥へとねじ込む。

「ク、ッ、ァ……！」

「――ハ、ゥ……ッ」

最奥を突くと明らかに反応する蛟の体に、自分の想いをぶつけた。

会いたかったとはいえても、好きだとか、つき合ってくれというのはまだ照れがあって、体ほど素直になれない。だからこそ余計に、体に頼ってしまうところがあった。

好きだ、好きだ、好きだ——蛟にそう訴えたい。

「俺とのセックス……思いだして、その気になったりとか、した？」

「……ゥ……ッ」

斜めからでは足りなくなり、長い脚を引っつかんで体勢を変えさせた。

勢いをつけて正常位に持ち込む。

「——クッ……ァ！」

「ここ、うずいたりとか……しなかった？」

正面から腰をガツガツ寄せると、蛟の性器から濁った先走りが散った。

本格的な射精をこらえる表情は官能的で、肉孔の収縮も悩ましい。

「——ッ、今も……中ひくついてるし、体温、低いくせに、結構……熱くなってるぜ」

「……ン、ァ……」

深く浅く腰を寄せながら前立腺を責めると、なにかいいたげな目で見つめられた。

濡れた瞳はブルーグレーから鮮やかな青に近い色になり、潤いに満ちている。

「お前が……このベッドで、ひとりでしてる……夢を見た」

「──夢？　俺、すげえサカってた？」

「……ん、わりと」

「それ正夢だし」

ひとり上手に耽っていた事実を認めることに、抵抗はなかった。蛟が自分の夢を見てくれたこと……しかもインモラルな夢だったことに興奮し、気がたかぶって止まらなくなる。

「お前も……っ、ひとりでした？」

「……さあ、どうだろうな」

「ずるいな、白状しろよ」

「……ッ、ン……」

曖昧に返す蛟の唇に食らいつき、白状しようにもできない状態に持ち込んで、荒々しく腰を打ちつける。前立腺も最奥もなにもわからなくなる忘我の抽挿をくり返しながら、蛟とともにすごせる日々を夢見ていた。


自分なりに蛟の体を気遣い、二度目はコンドームを使用した。時間的な都合もあって三度目はあきらめ、ウェットティッシュで互いの体を拭き合ったり、着替えたり。その最中で不意打ちのキスをしたり、後ろからぎゅっと抱きついて肩をかじってみたり、いろいろした。

家族不在の家で蛟とこっそりすごす時間は、性別のことさえ考えなければ、よくいる高校生カップルのそれとなにも変わらなかった。

触れ合えることがたのしくて、過去、現在、未来のすべてが薔薇色に思えてくる。

——もしこれで終わりとかだったら、マジ無理……ほんと、絶対無理。

湿った制服ではなく私服に着替え、乱れたベッドを直す。

学ランを着る蛟の横顔を盗み見た。

セックスで乱れて汗に濡れたはずのアッシュブロンドは、すでに乾いている。

肌も髪も十分に瑞々しい男だが、なぜか濡れている印象がない。

サーフィンのあとも、降りしきる雨の下にいるときもサラサラしていて、シャワーのあとですら濡れていた時間は短かった。

「もう少しで下の弟が帰ってくるから、今のうちにいいたいことといっておく」

これまで自分に告白してくれた女の子の緊張を、初めて知ることになる。

断られたときの気持ちまで知らなくて済みますように——ひそかに祈りながら、床に敷いたラグの上に移動した。

ひざをつくと蛟も座って、ローテーブルをはさむ形になった。

テーブルには透明のビンに入ったサイダーが二本置いてある。小さな気泡がゆっくりと立つ。

室内はエアコンがきいていて暖かい。

ビンの表面を走る水滴を見ていると、緊張も手伝って喉が渇いた。

「ずっと気になってたんだが……これって、雨乞いのてるてる坊主か？」

緊張をほぐそうとしてくれたのか、蛟はテーブルやカーテンレールの上にある逆さてるてる坊主を指さす。

「……あ……」

なんだか急にいたたまれなくなった。

柔道黒帯の自分らしくない乙女チックな行為が、いまさら猛烈に恥ずかしい。

「竜嵜や沢木に会って、雨が降ったらお前が来るっていわれたから……それでしかたなくそれじゃ全然いいわけになってないだろと、自分にツッコミを入れた。おまじないみたいなものを本気にしたわけじゃないとか、心の乱れを正す精神集中の効果があったんだといいたくなる気持ちを抑える。いえばいうほど墓穴を掘ることになりそうだ。

「実際その通りだったわけだけど、これってどういうことなんだ？　雨の日なら会えるって、バイトの職種に絡む事情とか？」

「いや、雨が好きなんだと思ってくれ」

蛟は答えながらテーブルに並ぶ逆さてるてる坊主に触れ、丸い頭をなでる。

ちょっといびつなカーブを、綺麗な指先が丁寧に辿った。

「蛟……」

その仕草に背中を押される。

仕草だけじゃなく表情からも、自分がした雨乞いに対するよろこびが感じられた。

「いろいろと事情があって、俺にいえないことがあるのかもしれないし……無理に全部話してくれとはいわない。お前がなにげにすごい奴で、プロサーファーになってもモデルになっても大成するくらい、才能があってビジュアルがいいのもわかってる」

そこまでいってから急激な喉の渇きを覚え、ビンに手を伸ばしてサイダーをひとくちだけ口に含む。白湯のようにちびりとすすり、口の中も喉も潤わせた。

「……っ、格違いだろうがなんだろうが、俺は、お前とつき合いたい」

ああいえた、いえただけで自分をほめたくなる。

今となっては竜嵜や沢木にも感謝している。あのふたりの存在がなかったら、同性を好きになったり同性に告白したりすることに、もっと迷いがあったかもしれない。自分には、知り合いの誰もやっていないことを真っ先にする勇気はない。長男だから弟たちよりも先にいろいろなことをやってきたけれど、その先には常に、手本となる父親がいた気がする。

「……どう、かな?」

思いの丈を口にしたあとは結果待ちだ。心臓がドクドクと騒ぎだす。肋骨のガードを壊して飛びだすんじゃないかと思うほどどうるさかった。入院中に造影剤を注射されたときみたいに熱が広がっていって、血液が全身くまなく駆け巡るのを感じる。

告白される側のよろこびや気まずさは知っていた。断るときの罪悪感も知っている。でもこんなにドキドキするものだとは思わなかったし、早く答えてもらわないと目がまわりそうだった。

ひざに手を当てながら蛟の顔を見ると、目と目が合う。

「蛟……」

これまで一度も見たことがない、思い詰めた表情だった。

肌が青白く見え、口元がこわばっている。

答えに迷っているのは明らかで、ああこのままじゃいけないとあせった。

自分がどうにかがんばればOKにかたむくなら、なんでもしたくなる。

その気にさせるための言葉をさがした。

「今は……っ、家も遠いし、簡単には会えないけど、春から行く大学は静岡で、しかもひとり暮らしだから自由に動ける。しょっちゅう会いたいのはやまやまだけど、無理はいわない。蛟の都合に合わせるし、しつこくしないよう気をつける……まあ、あんまり長く会えないと駄々こねるかもだけど、できるだけ気をつける。もちろん、お前がどうしても訊かれたくないことは訊かない」

迷う蛟の目の中に、自分への好意がないとは思えなかった。

だからこそ言葉を連ねて迫ってしまう。無理そうだったら、たぶんこんなに粘れない。

カッコつかないと思ったが、それでもよかった。なにがなんでもいい返事が欲しくて、つき合えるならどんな条件を出されても構わない。

「頼む。俺の……彼氏っていうのかわからないけど、そういう存在になってくれ」

「——お前が望むなら、俺はなんにでもなる」

突然すっと出された結論に、耳を疑った。

是か非かに分類すれば是のようだ。望み通りOKをもらったことに変わりはない。

どんな条件を出されても構わないと思ったくらいなのだから、しぶしぶOKでもなんでもいいと思っていたはずだ。そのくせ実際にこんなふうにいわれると、自分が求めているものとの違いに悲しくなる。

「なんで……」

なぜそんなに苦しそうなのか、なぜどこか義務的なのか——蛟がいいなりになったり、遠慮したりするほどのなにかが自分にあるとは思えないのに、どうしてこうなってしまうのだろう。

「結果よければ、すべてよしって、なることとならないことがあるよな」

一応はOKをもらいながらも納得できずにいると、蛟が唇を固く閉じた。

また思い詰めた青い顔をするのを見ると、迷いが生じる。

結果よければすべてよしにして、いいんじゃないかと思えてきた。

とりあえずつき合えるなら、今はそれでいいといって、蛟を解放したくなる。

あれこれと追及して会えなくなるのも嫌なら、複雑な事情をかかえているらしい蛟を悩ませ、苦しませるのも嫌だった。

「なにか……いえない理由があるのか？　俺は、お前に信用されてないのか？」

無理じいさせないよう声のトーンに気をつけても、なにも変わらなかった。

蛟は青白い顔で黙り込んだままうつむき、首を横に振る。

信用していないわけじゃない――そういっているように見えた。

「それがほんとなら、もっと俺に……」

「お前に話せるだけのことを、全部話す」

「そうしてくれ！　必ず受け入れるから！」

雲間から光が射し込んだように、胸の中がパッと明るくなる。

秘密主義を返上し、これまでいえずにいたことを打ち明けて欲しかった。今後どういう形でつき合うにしても、秘密ばかりでは上手くいくはずがない。「お前がどうしても訊かれたくないことは訊かない」といったものの、それじゃ長続きしないことはわかっていた。

「――篤弘……お前は……まっすぐでやさしく、よくも悪くも人間的だ。だから俺は、お前に嘘をついてるのが嫌になる。潤を騙していたときは自分の目的しか見えなくて、自己嫌悪なんて大してなかったのに……今はつらい。お前を騙すのがつらい」

罪の告白めいた蛟の言葉を、しばらく理解できなかった。

噛み砕いて処理するのに時間がかかり、勝手に首が曲がってしまう。

「騙すって、どういうことだ？」

「俺がこの部屋に来たのは初めてじゃない。十二月十五日の未明、窓から侵入し、眠っているお前の頭を氷塊で殴って、拉致監禁したのは俺だ」

この部屋に来たのは初めてじゃない。十二月十五日の未明、窓から侵入。頭を氷塊で殴って、拉致監禁——続けられた言葉が、いくつかに切り分けられる。

一つ一つ処理していかないとついていけなかった。

無理やり頭の奥まで届けてみても、理解することを心が拒んでいる。

呆然としてなにもいえなかった。

サイダーだけがシュワシュワと音を立てる。ふたつのビンの口から、針より細い飛沫が飛びだしている。それはどことなく祝杯のイメージで、通夜のようなこの状況には合わなかった。

「お前が、あの事件の……犯人？」

ビブラートをかけたような声になる。

蛟は神妙な顔でうなずいた。青みの強くなった唇を開く。

「潤を、可畏から……引き離したかった。可畏が潤の友人を襲えば、潤の心は可畏から離れる。俺は……潤を手に入れるためにお前を襲い、その罪を可畏になすりつけようとした」

語られたのは思いがけない動機だった。

あの事件に竜嵜や沢木が関係しているのでは……と思いながらも信じないようにして、ある意味では竜嵜を許して見逃すことにしていたのに、明後日(あさって)のほうから急に飛んできた真実に不意打ちを食らう。

蛟は元々正座に近かった姿勢を正し、ひざとひざを隙間なく寄せて背筋を伸ばした。

「無関係で無抵抗のお前を襲ったのに、俺は、潤や可畏に悪いことをしたと反省したあとも、お前に対してはなんの感情も持てなかった」

「──それ……どういう意味だ？」

「ハワイ諸島の近くで、気乗りしない用事があって……気晴らしに、波に乗っていたらお前に会った。お前の顔を見るまで、俺は……お前に謝罪すべき罪を犯したことを忘れていた。潤や可畏に対しては罪悪感を持っていても、よく知らないお前のことは……忘れていたんだ」

「──っ、なんだよ、それ」

「一度は確かに三人に対して悪いことをしたと思ったはずなのに、お前に対する気持ちだけは持続できなかった。まるで人間らしさがない。誰より人間らしく生きたいと思っていたのに、やってることは人でなしだった。そんな自分が嫌になったし……お前に心から、申し訳ないと思った」

蛟が頭を下げた瞬間、勝手に手が出てしまった。

自分でも制御できない衝動に支配される。

学ランの襟をつかみ、引き寄せるなり蛟を殴っていた。

「——ッ、ゥ！」

薄い頬の肉を押しつぶし、拳を深くめり込ませる。

斜めに抜けた拳をもう一度振り上げ、同じところをまた殴る。

「……ゥ、グ……ッ」

二度目で唇が切れ、血が散った。

拳には歯の感触が残り、自分も痛い。

柔道で相手を投げたことはあっても、一方的に人を傷つけるなど考えたこともなかった。

なにもかも悪夢のようだ。

ほとんど一目惚れして、これまで出会った誰よりも感じるセックスをして、初めて自分から告白した相手を傷つけるなんて、こんなの現実であるはずがない。

今すぐに目が覚めて、ああ夢でよかった……なんつー夢だよ……最悪っ、と舌打ちして忘れられたらいいのに——。

「——ッ、ハ……」

たった二発で、激戦を終えたみたいに息が上がった。

うつむいている蛟をにらみ下ろし、夢じゃないことに絶望する。

これが現実なら、蛟にいいたいことがたくさんあった。でも、なにも出てこない。

十二月十五日、未明——自分が夜中に突然拉致されたことで、ひどく不安で怖い思いをした父親や母親、弟たち、見舞いに来た親戚や友人の顔が浮かぶ。

頭部の裂傷や、全身十数ヵ所に亘る打撲による痛みや不便はもちろん、見えにくいとはいえ残る傷もある。

なにより、自宅で襲われたことによる家族の心労は大きく、自分自身もストレスを感じていたのは確かだ。

犯人が竜嵜ならまだよかった。自分が沢木にちょっかいを出し、竜嵜に嫌がらせをしたのがきっかけなら——自分にも悪いところがあったからと思える。でもそうじゃないなら許す理由がない。

人間離れして優れた彼ら三人から見たら凡人の自分は、横恋慕のために使われたのだ。芝居を盛り上げる小道具のようなものとして使われ、あっさり忘れられていた。

何事も寛容でありたいとは思っている。蛟のことが好きだから、許せるものなら許してやりたいとも思っている。でもこれじゃ情状酌量の余地がない。

「出て行け……警察には黙っててやるから、俺の前に二度と現れるな！」

これがギリギリのライン、自分の精いっぱいだった。

一度は好きになった相手だから……何度も寝た相手だから、特別だ。許したくても許せないけれど、警察に突きだすことだけはしないでおく。これが最大限の譲歩だ。

「お前にも家族の人にも、悪いことをしたと思っている。すまなかった」

口元の血を拭った蛟が、正座したまま深々と頭を下げる。

二度と現れるなと自分でいっておいて、二度と会えないことに苦しくなった。悲しくなった。そうするしかないけれど、ほんの数分前までは、それを望んでいたわけじゃない。むしろ、たのしい大学生活を想像していた。

キャンパスは沼津にあり、沼津は水族館の多い市だ。船に乗って無人島にある水族館に行ったり、深海魚に特化した水族館に行ったり、そのときの気分であちこちまわりたかった。

蛟は海が好きだから、きっとよろこぶと思った。

父親が手がけた美術館にも連れていきたかった。他にもたくさん、建築家の卵として見ておきたい場所がある。お互いの好きなものにつき合ったりつき合ってもらったりして、たのしい週末をすごしたかった。寿司屋に行ったことがないといっていたから、沼津で一番うまい回転寿司にも連れていこうと思っていた。もちろん夏はサーフィンも……これに関しては素直に教えを乞いたかった。

——殴るなり蹴るなり好きにしていいとか……セックスがしたいなら女の代わりになるとか、サンドバッグになるとか、出会った時点でおかしな発言をしてた理由は……罪ほろぼしだったからだ。そうじゃなきゃ、こんなレベル高い男が……俺のいいなりになるわけないよな……。

ハワイで会った夜、蛟はサーフィンをたのしんでいた。本人いわく、あれは水遊びだった。

気晴らしに遊んでいるところを被害者に見られたことで、蛟は自分の罪を思いだし、自己嫌悪に陥ったのだろう。

最初からすべては罪ほろぼしで、そこに好意なんてあるはずがなかった。

考えてみれば当たり前の話だ。自分は蛟や竜嵜や沢木とは違う。普通に歩いていて一目惚れされるほど、特別な男じゃない。

「帰ってくれ！」

蛟の前でいつも弾んでいた心臓が、生木のように裂けそうだった。

許せないと思う。許せたらよかったのにとも思う。

竜嵜と沢木はたぶんなにもかも知っていて、沢木が見舞いのときに申し訳なさそうな顔をしていたのは、自分を巡って起きた事件だとわかっていたからだろう。

沢木はいつだって主役だ。ドラマの人物相関図で、ど真ん中に大きく表示されているメインキャストだ。相手役は竜嵜で、準主役のライバルは蛟。自分はせいぜい端っこに、友人その一として出てくるバイプレイヤーだ。

座り込み、額を手でおおって息を殺す。

激昂（げっこう）のあまり肌が真っ赤になっているのがわかった。喉が熱い。

蛟は立ち上がり、「悪かった」とつぶやいた。

帰ってくれというこちらの要求に従い、部屋から出ていく。

「――ッ、ゥ……」

好きだといわれたわけではなかった。でも、蛟の琴線を揺さぶるなにか……魅力といえるようなものが自分にあって、だからこそ蛟は体を許してくれたんだと信じたかった。

恋というものは突発的な事故に近く、人生設計を狂わすほど計算通りにいかないものだと思う。ドラマや小説ではよくそんなふうに書いてある。

だからこそ、格差を超えるなにかが芽生えたと信じたかった。

思い上がりもはなはだしい。

自己評価が高すぎたんだ。みっともない、カッコ悪い。身のほどを知らずに調子に乗るなんて、これ以上に恥ずかしいことはそうそうないんじゃないだろうか。

――最悪……最悪だ。イタい勘違いして告白して、ダサすぎる……。

みじめさに涙がにじむ。なんとか止めたくて歯がみした。

蛟が暴行事件を起こすような人間だということよりも、沢木が犯人をかばっていたことよりも、なによりも、蛟に好かれていなかったことがただただ悲しい。

そりゃそうだよな……と思えば思うほど自分が情けなく、心が奈落の底に落ちていく。

なんであんな奴らがいるんだろう。神様はずるい。

きらめく別次元の生きもののような彼らは、いっそ彼らだけで物語を作っていればいい。中途半端に絡む凡人の苦悩を考えてほしいものだ。

友人その一にだって心がある、プライドもある。友人その一の人生では、間違いなく主役なのに、雑魚あつかいされるのがたまらない。悔しい、悲しい。

「――ッ……」

涙を拭おうにもティッシュが遠くて届かなかった。

逆さてるてる坊主をつかんで代用品にすると、いっそう涙があふれてくる。

蛟が去ったあとのドアがキイッと音を立て、重たげな犬の足音が聞こえてきた。

トストスという聞きなれた音に、そろそろ切らなきゃいけない爪の音が重なっている。

今はこの足音に救われた。

直弘じゃなくてよかったと思いながら、右脇を少し開く。

期待を裏切らないルークが、いつものようにズボッと頭を突っ込んできた。

「慰めてくれんのか？　みんなには内緒だぞ」

鼻息の荒いルークに、顎と首を舐められる。

長い舌から逃げつつ天井を仰いだ。

直弘が間もなく帰ってくる。帰宅後すぐにこの部屋に寄るので、早く顔を洗わなければならない。自分は強くてわりと面倒見のいい兄で、涙を見せるようなキャラではないのだ。

――忘れないと……あの事件のことも蛟のことも全部忘れて、普通に学校行って、大学行ったら彼女つくって、普通に……。

凡人に相応しい、それなりの幸せを求めて平々凡々と生きていこう。ちゃんと自分のことを好きになってくれる女の子を見つけて、自分もその子を好きになろう。今は具体的にイメージが湧かないが、元々そんな感じで上手くやってきたんだからできるはずだ。

将来的には結婚して子供もできて、そうなったときに今のことを思いだしたら、青春のあやまちだったな……と笑えるかもしれない。

——笑えない。全然、笑えねえだろ……。

忘れようとすると浮かび上がる残像は鮮明で、進むべき明るい未来はぼやけている。

水に描いた絵のように輪郭が揺らぎ、波紋が広がって渦を巻く。

圧倒的な存在感を持つ蛟が水底から現れて、淡いイメージを全部かき消した。

——あんな強烈なインパクト……知らなきゃよかった。あんなセックスも、事件の真相も、なにもかも知らなきゃよかった。アイツと……出会わなきゃよかった。

ルークの頭を抱きながら涙を呑む。

いつまでもこうしてはいられないのに、なかなか切りかえられない。

「ルーク、コラッ、そんなの舐めるな」

もがきながら立て直しを図ると、ルークがローテーブルに散った血を舐めた。蛟の血だ。犬にとってはおいしいものなのだろう。コラッといえばとりあえずやめるはずのルークは、舌を赤くしながらもうひと舐めする。

「……ッ、グ……グウゥ……ッ」

「ルーク？　おい、どうした⁉」

脇に身を寄せていたルークが突然、体を痙攣させた。

「グウウッ！」と激しくうめいて真っ白な泡を吹く。

「ルーク！」

「篤兄……篤兄、どうしたの⁉」

部屋に駆け込んできた直弘の顔を見るなり、自分の立場を思いだした。長兄として備わっている機能の非常用電源がオンになり、自分がやるべきことが見えてくる。

ルークがアレルギー体質で、以前魚を食べて泡を吹いたときのことを思いだした。

「直弘っ、タクシー呼んでくれ！」

そういって、自分はすぐさま動物病院に電話をかける。

いつも世話になっている獣医師のところにタクシーで行き、抗アレルギー注射を打ってもらった。魚介によるひどいアレルギーを発症した際に打ってもらったのと同じものだ。

月のようにパンパンに顔が腫れるムーンフェイスという症状が出て、一時は呼吸まで危うかったが、すぐに小康状態になった。

様子見で一晩ほど入院すれば回復するだろうといわれ、駆けつけた母親も敬弘も、そろって胸をなで下ろしていた。

「魚介類にはもっと気をつけないとダメよ。食べるなとはいわないけど、絶対に目を離さないで、ドアに鍵をかけて」

母親の小言に、「ごめん、ちょっとトイレ行った隙にさ」と答える。

獣医師からなにを食べさせたのかと訊かれた際に、人の血とはいえずに、ホタテの燻製（くんせい）だと答えた。

学校帰りにコンビニで珍味を買って部屋で開封し、トイレに行く際にドアを閉め忘れたことでルークが食べてしまった——という筋書きでことなきを得たが、真実を知る篤弘の心は落ち着かない。平静を装いながらも、内心かなり混乱していた。

——蛟が唇を切って飛んだ血。人間の血のたった一滴や二滴で、こんなことになるわけない。人間の血なんて舐めさせたことないけど……どう考えてもおかしい。魚を食ったときだって、症状が出るまでは間があった。あんな急激に作用すんのは、猛毒くらいのもんだろ……。

ルークを入院させて母親の車で帰宅したあと、真っ先に自分の部屋に戻った。

フローリングに敷いたラグは、毛足が長く色が濃いため血がついていてもわからないが、ローテーブルの表面には数滴の血痕が残っている。

——蛟の唾液とか精液とか、口にしたけどなにも起きなかった。血だけが特別ってことはないよな？

母親が廊下の向こうから「すぐ夕飯にするからね」と声をかけてきたが、構わず施錠した。

すでに乾いている血をおそるおそる指ですくい、舐めてみることにする。とりあえず血のにおいを嗅いでみると、ごくわずかに鉄っぽいにおいがした。自分の血と変わらない、普通のにおいだ。

――蛟は魚が好きだっていってた。静岡の近くに住んでるわけだし、魚介類を平均より多く食べてるとして……そういう人間の血にルークがアレルギー反応を起こした？

蛟の血を見ながら理論的に分析し、今回のことはさほど不思議なことではないと結論づけようとする。明日また動物病院に行って獣医師にこの仮説を話し、「その可能性はあるね」といってもらえたらどんなにいいかと思った。

ふと、映画の『アクアマン』を思いだす。

海岸に打ち上げられた海の女王は、足があって見た目は人間と変わらなかった。ニコール・キッドマン演じる気品のある美女で、水槽の金魚を食べるなどの奇行がユニークだった。地上でも海底でも生きていける設定だったと記憶している。

――蛟……そういえば蛟って名前、どういう意味だっけ？　虫がつくけど虫じゃなくて、水関係だったような……。

まさかそんな、映画の世界じゃあるまいし、蛟が人間じゃないなんてありえない。セックスまでして体のすみずみまで見たし、人間にしては綺麗すぎたけど人間だった。

ただ、『アクアマン』流に考えるとセックスはあまり関係ないかもしれない。

海の女王も人間の男とベッドをともにして、ハーフの子供を産んでいた。

「――あ……」

スマホを使って蛟という字の意味を調べる。

画面に表示された文字に目がくぎづけになった。

蛟とは、水の霊を意味し、竜と同じく想像上の動物のことだった。

蛇に似ているが四本の脚を持ち、毒の息を吐いて人を害す生きものと書かれている。

――マジで人間じゃないとか……まさかそんなこと、ないよな？　そりゃおかしなところはあったけど……体温がやけに低いし、水に濡れたはずなのに濡れてなかったり、あれはかなり奇妙だったけど……。

思えば最初から、ワイキキビーチにはめずらしい大波とともに現れた。まるで蛟のために打ち寄せているかのような波。水との親和性が高い名前。なにより蛟が放つミステリアスなオーラが、ファンタジックな想像に説得力を持たせてくる。

いやいや、そんなの絶対ありえないだろと否定すると、今度は竜嵜可畏の姿が浮かんできて、蛟の隣にすうっと並んだ。

――そうだ、あのふたり……色はまったく違うのに、なぜか似た目をしてるって思ったんだ。竜嵜と会うと、俺は必ず妙な威圧感にやられて……デカい建物とか、生きものとかを前にしたときみたいに足がすくんで……。

竜嵜可畏と、汪束蛟。知り合いだという彼らには、共通するなにかとんでもない秘密がある気がしてきて、めくるめく想像が止まらなくなる。

いつの間にか体まで動きだし、いても立ってもいられなくなった。

――まさか本当に、人間じゃない、とか？　絶対ないと思う半面、そうだと仮定するといろいろ説明がつく気がする。……とにかく一度沢木に会って……確かめるしかない。蛟の正体がわかったところでいまさらかもしれないけど、それでも確かめたい！

竜泉学院に行くことを決め、部屋着にコートという恰好から制服に着替えた。

あとで母親に叱られるのを覚悟のうえで、「今から沢木と会うから夕飯はいい」といい残し、慌ただしく家を出る。

緑豊かな多摩の丘陵のいただきに建つ竜泉学院は、セレブ養成学校とうわさされ、イケメンやら美少年やらが多いことで有名だった。

数少ない全寮制男子校というだけではなく、非常に閉鎖的な学校としても知られていて、その実態は謎に包まれている。

竜嵜グループが学院のバックについていることと、幼稚園から大学、寮までが広大な敷地の中にあることは有名な話だ。

電車とバスを乗り継いで竜泉学院まで行き、外来用受付で住所氏名その他を記入した。身分証明書の提示を求められ、学生証を見せる。

一通りの手続きを終えたあとは、外来用のカフェテリアに通された。

映画で観た昔のビアホールに似た雰囲気で、アンティークの調度品に割り込むモダンな黒い椅子がスパイスになり、前衛的でセンスがいい。

――蛟や竜嵜が、もし本当に人間じゃない、なにかだとしたら……沢木はそれを知ってる。竜嵜の正体を知っててつき合ってるはずだ。

以前の学校の友人として沢木を呼びだし、無音のカフェテリアでときを待つ。

管理者がよほどの寒がりなのかなんなのか、ブレザーを脱ぎたいほど暖房がきいていた。

誰もいないカフェテリアをこんなに暖めるなんて、金持ち学校は不経済だなと少しあきれる。一応建築家志望なので、空調その他は気になる性質(たち)だ。

「森脇っ、どうしたんだ急に」

慌ただしい足音とともに制服姿の沢木が現れ、テーブルに駆け寄ってくる。

かなりおどろいている様子だったが、真っ先に頭に目を向けてきて、「ここに来ること家の人にいってきたか？」と訊いてきた。

あんな事件のあとだし、黙って出かけちゃダメだぞ、といいたいのだろう。

「ああ、いってある。スマホも持ってるし」

あの事件の真相をコイツは知っていながら隠している——そう思うと不愉快だったが、蛟や竜嵜が人間ではない生きものだと仮定すると、警察沙汰にできない事情も見えてくる。蛟が逮捕されて血や体を調べられた場合、彼らの秘密が暴かれるという大きなリスクがあるのかもしれない——なんて考えるのは、やっぱり映画の観すぎだろうか。

「今日は雨だったから、蛟に会えた？」

椅子を引いて座った沢木は、そうだったらいいなといいたげな目をしていた。

相変わらず嘘みたいに綺麗で、そのくせ冷たく見えないタイプの顔だ。

「ああ、無事会えた。家に来るかと思ったら学校帰りに駅で待っててさ」

「よかったな。ちゃんと約束守って来たなら、蛟のほうも会いたかったんだと思う」

「……そう思うか？」

「そりゃそうだろ。蛟の家、すごい遠いし」

沢木が口にした蛟の家という言葉が引っかかったが、今は我慢して追及をさける。

本当は、住所あるんじゃねえかといいたかった。嘘や秘密が山ほどあるんだろう。

うれしそうにほほ笑む沢木が少し憎らしいが、憎みきれるわけもなく、複雑な気分だった。

これから話がどう転ぼうと、沢木を嫌いになることはない。

自分を巡って友人が事件に巻き込まれたのに、諸事情あって本当のことをいえず……謝罪もできない沢木の気持ちはわかる気がした。沢木の性格からして相当につらいはずだ。

見舞いに来たときの申し訳なさそうな笑顔が、今になって重く感じられる。

「実は……今日蛟と会って、いろいろ話し合って、今後ちゃんとつき合うに当たって……全部聞いたんだ」

「──全部？」

罪悪感を覚えつつも、このまま沢木に鎌をかけ、隠された情報を引きだすつもりでいた。竜嵜と離れている今は絶好のチャンスで、嘘をつき通す覚悟はできている。

「そう……全部。蛟の正体も、お前の彼氏の正体も全部聞いた。誰にもいわない約束で」

沢木の顔色が変わる。明らかにうろたえている。

嘘に真実をまぜてあと一歩踏み込めば、すべてが見えてきそうな手応えがあった。

「蛟はお前が好きで……竜嵜から奪うために俺を殴って拉致したことも、話してくれた」

「──っ、ごめん、俺……」

「謝らなくていい。お前も被害者なんだし、俺に話せなかった事情も今はわかる」

「森脇……」

「蛟が普通の人間だったら、警察に突きだすなりなんなりしただろ？　あの事件に関して蛟とはすでに和解してるし、いまさらお前や竜嵜を責める気はない。そんなことより、お前はどうなんだ？　まだ、人間のままなのか？」

最後の質問を口にするのは、かなり勇気が要った。

もしも自分の推理が間違っていたら、頭がどうかしていると思われて、笑われても心配されてもしかたない。沢木まで人間じゃないなにかになったとは思いたくないし、自分が望んでいる答えは、「人間じゃないのは可畏と蛟だけだよ」なのかもしれない。

「森脇、俺は……」

沢木はひとしきりおどろいてから、消え入りそうな声でつぶやいた。

頭の中で言葉を整理しているような顔だ。

おそるおそるという感じで視線を上げ、目を見合わせる。

「俺は、今も普通の人間だよ。治癒能力を身につけたし、水にも強くなったけど……それでも普通の人間。以前とそんなに変わらない」

少しも笑われなかった。心配されることもなかった。

頭がどうかしていると思われることもなく、人外の存在ありきで会話が成り立っている。

沢木の答えを聞くやいなや寒気がして、それとは相反する高揚感に襲われた。

人間にそっくりの、人間ではない生きものがいる。

映画の世界と同じように、ヒトの振りをしてこの世界にまぎれ込んでいる。

そう疑ったからこそここに来たのに、肯定されると心が揺れた。勢い任せに暴いてしまってよかったのか、いまさら迷う。

——蛟は、人間じゃない。

今の沢木の発言や、雨天を待っていた蛟の行動からして、蛟は水に関係するなにか……人魚のような空想上の生きものなのかもしれない。『アクアマン』の中にも、水中でないと生きていけない者たちが登場した。

「蛟とつき合うことになって、よかったな。種族の違いとかいろいろ問題はあると思うけど、暴行事件のことで和解できてるなら、きっとこれからも上手くいくと思う」

やさしげな沢木の言葉が、どこか遠くから聞こえてくる。

目の前にいるのに、すごく距離があった。

遠くに飛んでいったのは沢木ではなく、自分の意識だ。現実から逃避しかけている。

蛟が人間ではないという事実がショックで、それでいて高揚感もあるにはあって……出口のない迷路に迷い込んでうろうろしているみたいだった。

「なにより寿命の件が一番の問題だけど、それも希望が見えてきたし」

「——え……？」

続けられた沢木の言葉に、さまよっていた意識をつかまれる。

出口の見えない迷路が崩壊して、空間が無になった。

「……寿命？　寿命の件って？」

説明を求めると、沢木が顔色を変える。しまったと思っているのは明らかだった。

「寿命ってなんの話だ⁉　説明してくれ！」

「森脇、ごめん、今のは……俺の勘違いで……」

「潤、それ以上なにもしゃべるな」

「――ッ、竜嵜！」

見えない圧とともに、とりまきを従えた竜嵜が現れる。

すでに何度も会っているのに、目にした瞬間どうしてもひるんでしまう相手だ。

なにか大きな圧に、いつもあっさり負けてしまう。

まともに目が合うと、さあっと鳥肌が立つ。

どう考えても普通じゃない。

人間じゃないといわれて、一番しっくりくるのはこの男だ。

「可畏、あ……食堂にいたら森脇が来たって知らせを受けて。黙って来てごめん」

「黙るなら今黙れ。お前はしゃべりすぎだ」

冷気のように低い声で叱責した竜嵜が、沢木の横に立つ。ポケットに片手を突っ込みながら、沢木の頭を軽く叩いた。

「……ァ、イタ」

「竜嵜っ、蛟の寿命の件てなんなんだ⁉」

「お前は蛟からなにを聞いた？　蛟が何者か、この場でいってみろ。話はそれからだ」

にらみ下ろされると、鳥肌では済まなくなった。

金縛りにあったように体がこわばり、息を吸うのもむずかしくなる。

「森脇、まさか……」

「鎌をかけられたんだ。簡単に乗るな」

うろたえる沢木のうなじに手を回した竜嵜は、そのまま沢木の髪をくしゃりと乱す。

蛟が何者なのか――この場でいってみろといわれてもいえるわけがなかった。

人間じゃないなにかとしかいいようがない。

当てずっぽうに「人魚だろ?」とか「アクアマン?」といってみようかと思ったが、獲物を値踏みするような獣じみた目が怖くて、強気に出られなかった。

「蛟の寿命……短いのか?　それだけでいい、教えてくれ!」

今なにか一つだけ教えてもらえることがあるなら、そのことが知りたかった。

蛟が何者かという話は、突きつめればそれを自分がどう思うかの問題だ。

考えてみれば大した問題じゃない。

それよりも、気持ちでどうこうできない事実のほうが問題だ。

「森脇……っ、蛟は……」

沢木はなにか話そうとしていたが、それを竜嵜が止めた。

横から伸ばした大きな手で、沢木の唇をふさぐ。

「竜嵜……頼む、教えてくれ」

「——蛟は本来短命種だが、どうにか延命できる目処がついてる。絶対じゃないが、それほど悲観する状況でもない」

意外にも、竜嵜がまともに答えてくれた。

沢木は口をふさがれてモゴモゴいいながらも、うれしそうな声を出す。

おそらく「可畏！」といいたいのだろう。感謝に満ちた目で竜嵜を見上げていた。

——蛟は本来、短命種……延命の目処がついていても、絶対じゃない。

足元がすとんと抜けたような感覚と、それでいて吊り橋の上にいて、谷底に落ちてはいないセーフ感の両方があった。

ふたりの態度や発言から察するに、「それほど悲観する状況でもない」は本当なのだろう。それは信じていい気がしたが、それでもやはりショックだった。

——蛟は、自分は短命種で……早く死ぬって覚悟しながら生きてきたのか？　それで沢木を竜嵜から奪おうとしたのか？　沢木の友人で……竜嵜を怒らせた俺を襲い、拉致して……その罪を竜嵜になすりつけようとした。

沢木の口ぶりからして、蛟に延命の希望が見えたのはつい最近のことのようだった。

あの事件をきっかけになにかが変わったのかもしれない。

蛟は今ようやく、先々の人生を考える自由を手に入れたんだろうか——。

「蛟とつき合うのは構わねえが、正体を詮索するのはやめろ」

「竜嵜……っ」

「もちろん俺や潤に関してもだ。余計なことを口走ると、頭のおかしい奴だと思われるぞ」

鋭い目つきをした四人のとりまきとともに、竜嵜が脅してくる。

秘密を洩らせば、頭がおかしい奴だと思われるだけでは済まない。お前の命はない——と、実際には耳にしていない言葉を聞いた気がした。


ボディーブローのようにあとからきいてくる真実にさいなまれ、帰宅後に熱を出した。

子供みたいで情けなかったが、竜嵜が人間じゃないとわかった途端、ずっとかかえていた劣等感はいくらかマシになった。

彼らが何者なのかは知らないが、欧米人と脚の長さを競う気にならないのと同じように、人間じゃない生きものに負けてもそんなに悔しくはない。

ただ、蛟の寿命のことだけが気がかりだった。

蛟を抱いた余韻が残るベッドの中で、ひとり熱っぽい息を吐く。

蛟の体は冷たく、吐息も普通の人間よりは冷たかったのをありありと思いだした。

熱のせいで意識が散漫としている。缶詰のフルーツかリンゴジュースが欲しかったが、寝ている母親を起こして頼るのは嫌だった。弟に頼もうかと思い、それも思い留まる。

短命種で、仲間はいてもひとり暮らしで……親兄弟もいない蛟のことを考えると、自分がとんでもない甘ちゃんに思えた。ぬるま湯に浸かってぬくぬくと育った自分と比べて、蛟はなにを思い、どこでどんなふうに暮らしてきたのだろう。

人間ではないなにかだとしても、蛟は人間と同じように誰かにあこがれ、好きになったり自己嫌悪に陥ったりする心を持っている。

無関係な人間を傷つけてまで沢木を手に入れたいと思った蛟の動機が、彼自身が以前語っていた通りなら、竜嵜と沢木の関係にあこがれていたはずだ。嫉妬が生まれた根幹には、深い孤独があったはずだ。

――蛟が俺に怪我を負わせたのも、それを忘れてすごしてたのも、俺に対してなんの感情もないときの話だ。だからもう……それはいい。すぎたことはもういい。出会ってすぐ抱かれた理由がただの罪滅ぼしだったとして、それは今も変わらず同じなのか、違うのか。今アイツが俺をどう思ってるのか……それが知りたい。

竜嵜がいう通り、延命が絶対じゃないものなら、モタモタ考えている時間も熱を出している暇もない。

――玉砕するかもしれないけど、このまま会えないなんて耐えられない。何度振られたってべつにいい。高嶺（たかね）の花みたいな奴だし、そのくらい当然なんだ。

数時間前まで蛟が使っていた枕に顔をうずめながら、意を決してスマホを手にする。

アドレス帳に汪束蛟という名前だけはあるものの、情報はなにもない。

もしあったとしても、「帰ってくれ」だの、「俺の前に二度と現れるな」だのと怒鳴っておいて、この気持ちをいまさらどう伝えればいいのかわからなかった。

——伝えたいのは、会いたいってこと。会って直接いいたいのは、蛟を好きだってこと。つき合いたいとはいったけど……好きだとはいえてない……。

時折ふっと意識が飛びそうな熱に浮かされながら、胸の中に燦然と輝く恋心を直視した。人間ではないとか、短命だとか、暴行事件の真犯人だとか、出会い方がどうだとか、そんなこととは関係なく、その想いだけは飛びきり綺麗に、無傷のまま存在している。

『はい……森脇？』

沢木の名を選んで電話をかけた。

聞こえてきた声にすがる思いだった。

蛟につながる可能性がある、たった一つの連絡先だ。

「沢木……蛟とつき合うことになったって話、嘘なんだ。ほんとは……殴って別れた」

かけ布団の下で背中を丸めながら、揺れそうな声をかろうじて整える。

沢木はおどろいた様子だったが、『風邪声だけど大丈夫か？』と訊いてきた。

なにげなくてやさしい声を聞いていると、涙がにじみそうになる。

熱のせいで涙腺がゆるまり、感情の揺れも大きくなっていた。

「もう二度と、現れるなとか……アイツに、いっちまって、すごい、後悔してる」

涙声になりかけて、親友の手前かなり恥ずかしかった。それもただの親友じゃない。自分がボディーガード的なことをして、ストーカーまがいのファンから守ってきた相手だ。

初めて性別を超えて好きになった相手でもある。

竜嵜や蛟のこととは関係なく、カッコつけたい気持ちは今でもあった。

「蛟と……連絡、取りたいんだ」

恥を忍んでも頼るしかない。みっともなくても情けなくてもいいから、蛟と連絡を取りたい。

それ以上に優先することなんてなにもなかった。

「もう一度蛟に会って、ちゃんと話したい。だから……頼むから……アイツの連絡先、教えてくれ」

さっき確かに「蛟の家」といった沢木は、自分よりもいろいろな情報を持っている。蛟の住所を知っている。

電話がないなら手紙でも電報でもいい、連絡を取りたい。できれば直接訪ねたい。

沢木が竜嵜に話しかける声が、かすかに聞こえた。

そのあとすぐに、『少し待っててくれ』といわれる。

保留にされると、しばらくして音楽が流れてきた。

自然と音階が浮かんでくる、バッハのメヌエット、ト長調だ。

布団の中にこもる熱すぎる息を感じながら、まぶたを閉じた。

——竜嵜に忠告された通り……蛟の正体は詮索しない。本人が話してくれるまで待つ。今はただ、連絡を取りたい……会いたい。

祈るような気持ちで待っていると、メヌエットがぴたりと止まる。

『お待たせっ』と、沢木の声が聞こえてきた。

竜嵜からなにかしらの許しを得たのか、声が明らかに弾んでいる。

『蛟の連絡先なんだけど、住所がわからないというか……そもそも簡単に連絡できる相手じゃないんだ。けど……蛟が森脇と会いたいと思ってるなら、呼びだす方法はある。説明すると、なんかおまじないみたいな感じだけど』

「……っ、まじないでもなんでも、会える可能性があるならそれでいい。教えてくれ！」

『うん、教える。ただ、もし蛟が森脇に興味を持ってなかった場合、やっても無意味になるし、蛟はもう会いにこない。そんな……蛟の気持ち次第の方法になるけど、大丈夫か？』

横に竜嵜がいるせいか、沢木は普段よりも慎重に話していた。

人ならざる者が、その存在を隠すために秘密を持ったり、外部との接触をひかえたりするのは理解できる。隠れて暮らしていて、住所がハッキリしない事情もわかる。沢木が洩らすことを許された方法はきっと、きびしい制約の中で唯一解禁されたものなのだろう。

「——教えてくれ」

身を起こし、ベッドから下りて机に向かう。

ふらつくうえに汗が冷えておそろしく寒かったが、胸の中は熱かった。

沢木にも竜寄にも感謝しながらペンを握り、ノートを開く。


一月の三連休が明けたあと、空気を読んで成人式をさけた雨が降った。

土日は寝込んだが月曜には平熱に戻り、すっかり元気になった篤弘はルークを連れてドッグランのある公園に行った。

そして今日、火曜日は通常通り登校して、寄り道せずに帰宅する。

沢木から教えられたおまじないを実行していた土曜日も雨だったが、蛟が現れることはなく、今日も来ない可能性は十分あった。

それでも期待し、どうか、どうかと一日中祈り続けている。

「篤兄、このメモなに？　ラブレター？」

「――ゥ」

掃除機で自室の掃除をしていると、背後から声をかけられた。

知らない間に部屋に入ってきていた直弘が、机の上のメモを……B5サイズのノートの切れ端を、覗(のぞ)き込んで首をかしげている。

「おい、勝手に見んなよ！」

「えっ、だって堂々と置いてあるし。なにこれ、『お前が好きだ　会って話したい　雨の夜に待ってる』って……ラブレター？」

太めのマジックで、しかも大きな文字で書いた三行のメッセージを声に出して読まれ、軽いめまいを覚える。

色恋沙汰で盛り上がり、相手しか見えない人間は、はたから見ると滑稽だ。

そんなことは百も承知なだけに、立つ瀬がなかった。

「紙に書いても意味ないじゃん。メールとか送れば？　あ、これを写メれば熱いかも！」

「……写メるって死語だろ」

「使うもん！　僕の世代でも使うもん！」

「うるせーよ、デカい声出すな」

プンスカプーなどと声に出していってしまうあざと可愛い弟を前に、羞恥とプライドの狭間で揺れる。

他者から見て痛々しくても馬鹿らしくても、好きな相手に対して心をこめて綴った想いは恥ではなく、そのあたりがむずかしい問題だった。

正直な気持ちを蛟に向けている今を、自分としては誇らしく思う。それでもやはり恥ずかしい気持ちもあり、迷ったあげくに頭をぐしゃぐしゃとかいた。包帯はもう巻いていない。

「ラブレターの練習だ。こういうもんは、手書きで伝えないと軽くなるだろ」

「そうかもだけど、篤兄すっごいモテるのに、自分から迫ったりするんだ？」

「相手は高嶺の花だからな」

「えーでも自分のこと好き好きいってくれて、つくしてくれる子のほうが楽でよくない？」

「お前、意外とスレてんだな。ガキのくせに楽なほうに行くなよ。妥協してほどほど好きな相手といるより、必死に追いかけたい相手がいるほうが断然いいぞ。つーか、いいも悪いもないな。惚れたら自制がきかなくなる」

「じゃあ、振られても落ち込まない？」

「メチャクチャ落ち込むに決まってんだろ。けど、玉砕覚悟で何度でも告る」

「すごーい、本気なんだ？」

「――超本気」

去年まで小学生だった直弘に話すことではないと思いつつ、本気の恋は恥ずかしいことではないのだと、暗に教授したい兄心があった。

自分も上の弟もそれなりにモテてきたが、来る者の中から好みのタイプを選ぶという、覇気のないつき合いばかりしていて、直弘に本気を見せたことは一度もない。

「篤兄、がんばって。大丈夫、柔道着なら二割増しでカッコイイから」

「なんだそりゃ」

無邪気な弟がスレないことを願いながら、蛟に向けたメモを見つめた。

風に飛ばされないよう逆さてるてる坊主を載せてあるメモの横には、円柱型の水槽がある。オスの青いベタが一匹入った小さなものだ。

金曜まではリビングに置いていたが、沢木からおまじないのような連絡方法を教えてもらったあと、ここに持ってきた。

『森脇の部屋に、水を入れたコップとか花びんとか水槽とか、なんでもいいから水を入れた透明の容器を置いて、蛟宛てのメッセージを書いた紙をその近くに置く。封筒に入れたらダメだからな。容器から見えやすいように、文字を表にして置くこと』

沢木の言葉が、ハキハキとした明るい声でよみがえる。

まったく意味不明だが、蛟が人魚的ななにか……水に関係する人外生物だと考えれば、こうする意味はあるのだろう。

――水を通して俺の部屋を覗けるとか、そういう力があるのか？　そういえばアイツ、俺の自慰シーンを夢で見たっていってたけど、ほんとは夢じゃなく、サイダーとかなにかを通して覗いてたのか？

蛟の言葉と沢木の言葉がリンクして、謎の答えが見えてくる。

沢木が前置きしていた、『蛟が森脇に興味を持ってなかった場合、やっても無意味になる』という言葉の意味も理解できた。

——覗かれたっていい、そんなの全然いい。お前が俺のことを忘れてて、俺が書いたメモが目にとまらないことのほうが問題だ。


ひとりになり、ドアに施錠するため水槽に背を向ける。

背後から迫る蛟の視線を期待したが、あいにくなにも感じられなかった。

振り返ってみても、原色そのものの青いベタが泳ぐばかりだ。

どこか悲しげなブルーグレーの瞳は見えない。

——蛟、今夜は雨だ。

湿気を含んだ逆さてるてる坊主を手にして、人魚の姿の蛟を想う。

しなやかな上半身と、ベタのようにひらひらと舞う優雅な尾。鮮やかな青い鱗（うろこ）を持つ人魚の蛟は、胸が痛くなるほど美しかった。


雨音は止（や）まず、そのまま夜が更けていく。

間接照明だけを点（つ）けた薄暗い部屋で、蛟を待った。

ベッドに横たわっていると、かくんと眠りに落ちかける。

スマホのアラームとタイマーを駆使し、まともに眠らないよう注意した。

想いが通じていたら、今夜こそきっと会える。

夜間は閉じているカーテンを、ここ数日は全開にしていた。腰高窓の施錠を解き、いつでも蛟が入れるようにしてある。

――ん？　なんだ、あれ……。

雨粒に打たれる窓ガラスの内側に、なぜか水滴が走っていた。室内側なら結露のはずだが、それにしては量が多いうえに、風もないのに物理の法則に逆らった動きを見せる。

――水が……水滴が上に……！

水は結合し、氷柱に似た水の棒へと変化した。

しかし硬いものではなく、ぐにゃりとスライムのように動いて鍵をさぐっている。

なにが起きても受け入れる心づもりだったが、実際は上手くいかない。受け入れてはいるが、動揺してしまう。映画さながらの異能力の顕現は、想像以上にＶＦＸの世界だった。

――鍵、開いてるって、教えないと……。

しゃべろうにも声にならず、そうこうしているうちに、動き回る水の棒は施錠されていないことに気づいたようだった。ふたたび水に戻り、重力に従って流れ落ちる。

「……蛟！」

窓の外に人影が見え、外側からカラカラと開けられた。

腰高窓の向こうに立っていた蛟は学ラン姿で、傘を差してもいないのに髪が乾いている。サラサラ、キラキラ、とても不思議な髪。今夜も綺麗だ。

「蛟……」

来てくれたことがうれしくて、名前ばかり口にしてしまった。

会ったら真っ先にいおうと思っていた言葉があったはずなのに、サラサラに見とれているうちにどこかに飛んでいってしまった。

部屋の外と中に分かれて、ただ見つめ合うばかりの時間がすぎていく。

「俺のメモを見て……来て、くれたんだな」

第一声の予定ではなかった言葉をかけた。

順番が狂ったが、うれしい気持ちはこめられたと思う。

「お前を襲った日も、俺は雨にまぎれて窓から侵入した。雨を氷塊に変化させ……眠っているお前の頭を殴打して……」

「そのことはもういいから」

庭から動かない蛟が、頭を左右に振る。

揺れる髪はサラサラのまま、まるで髪の先まで撥水(はっすい)しているかのようだった。

本当に不思議な光景だ。雨が蛟をよけている。たぶん水を自在に操る力があるのだろう。

濡れることも濡れずにいることも、思いのままなのかもしれない。

「拉致したあとも、暴行を加えた。鍛えてるお前だったから死に至らなかっただけで、下手したら殺してたかもしれない」

「……けど、ちゃんと生きてるから」

ハハ……と無意識に笑っていた。

笑い事じゃないのはわかっていても、蛟が会いにきてくれたことがうれしすぎて、本当にもういいと思った。どんなことでも帳消しにできそうだ。

「もっとこっちに来てくれ、中に」

窓際で手招きすると、蛟がためらいがちに近づいてくる。

部屋に踏み込めない様子の蛟の肘に触れ、そのまま手首まですべらせた。

相変わらずひんやりした手を握り、少し引っ張る。

「入ってくれ」

蛟は部屋に入らず、かといって手を振りほどきもしない。

「俺は、自分の目的のために無関係なお前を利用して、傷つけた」

顔はこわばり、うつむきがちで生気がなかった。

「ハワイで会うまで、そのことを忘れていたあげくに、贖罪（しょくざい）として抱かれたあとも……お前の家族に会うまで、自分の罪の深さを理解してなかった」

「……うん」

「森脇篤弘という人間が、その家族にとってどんなに大切な存在か……俺がした行為で彼らがどんなに心を痛めたか、自分の頭で考えることができなかった。犯した罪の深さもわからずに、同じように殴られれば済むなんて、馬鹿なことを思ってたんだ。お前が暴力よりもセックスを望むなら、女の代わりになればいいって……それで済むと、思ってた」

「……蛟」

「お前を尊重せず、ひどいことばかりしてきた俺が、ここに来てよかったのか?」

いいに決まってる。俺が呼びだしたんだから、俺が会いたかったんだから、いいに決まってる。「二度と現れるな」なんて怒鳴った自分を、胸ぐらつかんで投げ飛ばしたい。

「どうしても、来てほしかった。お前に会いたくてしかたなかった」

「篤弘……」

「お前が好きだ。お前とつき合いたい。この前の別れぎわに感情的になっていったこと……全部撤回させてくれ。お前と、最初からやり直したい」

最初からやり直したい。最初から——。

いったいどこまでさかのぼったら最初になるのかわからないし、沢木に絡んだ過去なしには出会えなかったかもしれないけれど、いったんすべてをリセットしてやり直したかった。

ようやく靴を脱いで窓枠にひざを乗せた蛟を、大きな魚を釣るように引っ張り上げる。

窓を閉め、施錠してカーテンを閉じた。

誰にも邪魔されない空間が出来上がる。

「好きだ」

もう一度いった。

罪にうるんだブルーグレーの瞳が、鏡のようにきらりと光っている。

そこに映っているのは自分だ。沢木でも竜嵜でもない。

ただの人間にすぎないけれど、蛟のことが大好きな自分だ。

うなじに触れると、顔が近づいてくる。

キスをされた。蛟のほうから——。

「ン、ゥ……！」

「——ッ、フ……」

唇や舌を通じて、伝わってくるものがある。

上唇は押し崩され、下唇は飴のようにしゃぶられて、舌まで吸われる。

ああ、なんだ、格違いだのなんだのと、そんなにくよくよしなくてよかったんだ。ちゃんと好かれてるじゃないか……キスだけでもわかるじゃないか。好きでもない男の唇を、こんなにじっくり味わうわけがない。舌や唾液をこんなにやさしく、強く吸って、こくりと喉を鳴らすわけがない。

「……ッ、ン……」

「——ゥ、ッ……」

それなりに硬く弾力のあった唇が、こね合ううちにやわらかくとけていく。

好きだ、好きだ、お前が好きだ——叫ぶくらいのつもりでキスをした。

襟足をなで上げながら、サラサラの髪に指をうずめる。

このままずっとキスをしていたかった。でも、唇を離して言葉でも伝えたい。体にもさわりたいし、つながりたい。やりたいことがたくさんあって、常識的な手順が吹っ飛びそうだった。

「……ク、ゥ……」

「——ッ、ン……」

唇を吸ったり舌を突き合ったりしながら、ベッドに向かって一緒に歩く。

ドサッとなだれ込む瞬間も、唇を離さなかった。

顔を斜めに向けると、蛟もすぐに首をかたむける。すでにとろとろに濡れた唇をさらに舐め合い、メチャクチャに崩しながら服のボタンをさぐった。頭で考えなくても手が動く。

お互いそこそこ乱暴に相手の服を脱がし、ラグの上に散らした。

「……っ、蛟……好きだ」

ようやく唇を離して伝えると、「——篤弘……」と不安定な声で呼ばれた。

不安定だけれど熱のある、艶っぽい声だった。

蛟の肌はこんなときでも冷たい。でももう不安はなかった。これは体質だとわかっているから、冷めていても怖くない。現に息遣いは性急で、温度とは無関係な熱を帯びている。

「ッ、ハ……ゥ」

胸の突起に食らいつき、舌や唇で刺激した。

最初はやわらかさのあったそれは、一舐めごとに硬く痼っていく。

「……ァ」

かすかに漏れる声に甘さが混じった。

乳首をもっと吸いたい、さわりたい。もう一度キスをしたい。

そんな欲求にあらがって、潤滑ゼリーのチューブをつかんで中身を手に取った。

一番強い欲求に従い、下へ下へと顔をすべらせる。

「──ッ、ゥ、ァ!」

完全に下ろしていなかった下着を、ひざまで下ろして性器をしゃぶった。

仰向けだった蛟の体がしなって横になり、頭の位置が逆になる。

なにをしたがっているのかすぐにわかった。

「……っ、篤弘……」

蛟の手で下着を下ろされ、尻をむかれる。

お互いに筋肉で硬く盛り上がったふくらみを鷲づかみにして、そびえるものを吸い合った。

「ン、ゥ……ク……」

「……ム、ッ、ゥ」

しゃぶられながらしゃぶると、蛟の興奮があからさまにわかる。

ジュプジュプと卑猥な音が立つほど吸いながら、蛟はぐんぐんと芯を硬くしていく。

最終的には口角がひりつくくらい、口の中で大きくなった。

「蛟……ッ」

「——ぅ、ッ、ク……！」

過剰なくらいたっぷりとゼリーを手に取り、蛟の尻を左右に割り開く。

ゼリーをすぼまりに塗りつけ、指を挿入した。

小さな孔をせわしなく拡げながら、蛟の口で達きそうになるのをこらえる。

ゼリーまみれになってわずかな光にてらてら艶めく後孔に、どうしようもなく惹きつけられた。そこに唇を寄せ、舌を這わせずにはいられない。

「ア、ァ……ッ」

めずらしく高めの声を漏らした蛟が、エビのようにびくんと丸まる。

性器をしゃぶる余裕をなくし、顔を引いた。

自分からベッドマットに手をついて、四つん這いでこちらを振り返る。

「蛟……」

「——ッ、ァ……」

早く欲しいといわれなくても、もう挿れていいかと訊かなくても、目を合わせるだけで十分伝わった。

蛟が自分から獣のポーズを取ったのも、早くつながりたい気持ちの表れに思えて、全部が全部うれしくなる。

しがみつくように腰をつかみ、形のいい尻の間に性器を乗せた。

ゆっくりとスライドさせ、ゼリーを絡めてなじませる。

ねちょねちょと糸を引く重めのゼリーを、根元まで確実に塗り広げた。

くびれや笠裏にも、まんべんなく塗り足す。

「蛟……ッ、ゥ……」

「――クッ、アァ！」

ほぐした肉孔に先端を埋めた途端、すぐに持っていかれそうになった。

目の前が真っ白になり、どうにかこらえると大海原のイメージが湧く。

ひんやりと心地よい蛟の肌が、かつて海で泳いだ記憶や、波に乗る浮遊感を呼び覚ました。

「蛟、キスを……」

「――ン、ッ、ァ」

性別も種族も関係なく、好きな人を抱いている幸福に酔いながら、夢中で腰を動かした。

蛟が後ろを向こうにも向けないくらい突き続け、耳にばかりキスをくり返す。

「……中、すごい……熱くなってきた」

「ア、ゥ……ァ！」

「お前のここ、うねって……やわらかくなって、俺のを……っ、しめつけてくる」

「——ア……！」

ずぶりと深くうがって耳たぶを食み、そのまま舌を蠢(うごめ)かせる。

蛟はまたエビのようにびくんと、けれども今度は逆方向に背中を反らせた。

直前にきつく結ばれた唇が嬌声を漏らすことはなかったが、その代わり、しずくが散る音がよくひびく。

パタパタッと雨音のような音を立て、蛟の白濁がシーツを汚したとき——自分もまた、蛟の深いところで達き果てた。


水を操る能力のせいなのか、ぐっしょり湿ったはずのシーツは瞬く間に乾き、水分を完全に失った精液が粉状になって張りついていた。

かさつく感触のベッドに横たわりながら蛟を抱き寄せ、口づけをくり返す。

無駄なく引きしまったシャープな顔を手で包み込んで、青みの強い瞳を見つめた。

望み通り再会してセックスをして、こうして触れていることも、蛟が自分を見ていることもうれしいのに、竜嵜から聞かされた寿命の問題が頭から離れなかった。

「——泣きそうな顔だな」

「うれし泣きが半分と、不安が半分」

「……同性とつき合うことに対する不安か？　それとも異種族とつき合う不安か？」

つき合うという言葉を聞いて、感情が大きく揺れる。

もちろん歓喜のほうへと振りきった。

元々は自分が口にした告白だったが、今の蛟の発言は、それに対する真の承諾だ。

ベッドをともにした女の子が、「うちらって、つき合ってるよね？」なんて確認してくるのを野暮だなと思いつつ、ぶっきらぼうに肯定した過去を反省する。

明言するのは自分が思っていたよりも強力で、大事なことだ。

「時代が時代だし、弟がふたりいるし、親もわりと理解あるタイプなんで……同性とつき合うことはそんなに不安じゃない。異種族うんぬんは多少……秘密が多いだけに気がかりとかあるはずなんだけど、そんなのどうでもいいと思うくらい、寿命のことが気になってる」

このまま知らない振りはできなくて、迷いながらもそこに踏み込む。

蛟はいくらかおどろいた様子だった。

「そんなことまで知ってたのか……」と困り顔でつぶやいたが、どちらかといえば苦笑に近い表情だ。

なにを考えているのかわからないが、少なくとも悲観的なものではなかった。

「竜嵜から、短命種だって聞いた。それほど状況は悪くないって話、本当なのか？」

「ああ……本来短命種なのは本当だ。あと一年か二年……だいたい二十歳くらいで海に帰って、人として地上に出ることはないと思ってた。だからさみしくて……潤を、可畏から奪って海の底に引きずり込んで、話し相手になってもらおうと思ったんだ」

「……沢木を？　海の底に？」

「人魚になれる素質がありそうだったから」

蛟は明確に人魚という言葉を使い、毛布の下で背中に手を回してくる。

鱗もなにもなく、人魚とは縁遠い肌を、くり返しなでてきた。

「蛟……なにやって……」

「ここ、くすぐったいか？」

「や……最高に気持ちいい、ッス」

正直に答えると、蛟は軽やかに笑う。

時折見せる自嘲や苦々しい笑い方ではなく、自然発生的な笑みだった。

自分を縛りつける重たいものから解き放たれたような、ふわっと綺麗にほどける顔だ。

「延命に関して光明が見えてからは、誰かを無理やり自分のパートナーにして孤独を埋めようなんて考えなくなった。仲間と一緒にもうしばらく生きられるなら、それでいいと思えた」

愛撫（あいぶ）に近い動きを見せる蛟の手が、自分の所有物を確かめるものに思えて、この上なく幸せだった。

こういう時間がいつまでも続くことを祈る。

蛟の手が止まってしまわないよう呼吸すらひかえて、多少くすぐったくてもじっとしていた。

「ましてや俺が普通の人間とつき合うなんて無茶な話で……そんなこと、想像もしなかった。俺は海の生きものだし、人間から見たら面倒な体質だからな」

行為のほてりが残る顔を見ていると、まぶたが熱くなる。

たぶん、おそらく、きっと、とても正直に気持ちを語ってくれているのがうれしかった。

なにより、「延命に関して光明が見えた」と、ハッキリいってくれたことがうれしい。

どんなことよりも、それが一番うれしい。

「――この連絡方法、潤に聞いたのか？」

こちらの深刻な気持ちをわかっているのかいないのか、ベッドからするりと抜けだした蛟が机の前に立つ。

以前いっていた通り裸を見せることに抵抗がないようで、全裸でベタの水槽を覗き込んだ。

そうかと思うと、横に置いてあるラブレター的メモに触れる。

なんでもないノートの紙の感触を、指で確かめているようなさわり方だった。

「それ……沢木が、おまじないとかいって教えてくれた」

「おまじない？　そうか……」

蛟はメモだけじゃなく、逆さてるてる坊主にも触れる。

ティッシュのひらひらスカートをめくり、以前と同じく少しいびつな頭のカーブをなでた。

たぶん、どちらも水を通してすでに見ていて……でもこうして手を触れて、存在を実感しているのかもしれない。

いいほうに考えすぎかもしれないが、なんだか感慨深い様子に見えた。

「これと、これ、記念にもらっていいか？」

「え……っ、あ、ああ、もちろん」

太めのマジックで書いた三行のメッセージ――『お前が好きだ　会って話したい　雨の夜に待ってる』を丁寧に折り畳み、逆さてるてる坊主まで持った蛟は、脱ぎ散らかしていた上着の胸ポケットにそれらを入れる。

蛟が自分のことを気にかけ、ベタの水槽を通してこの部屋を覗いていたことはまぎれもない事実で、会いにきてくれたことも、記念に持ち帰りたいといってくれたことも事実だ。

これだけたくさんの事実があれば、どんな秘密があっても立ち向かえる。

たとえ蛟が何者でも関係なく、恋人同士でいられる。

「蛟……お前が何者か詮索するなって、竜嵜に念を押されたっていうか、脅された。そういうわけで今も、お前の正体は知らない」

「お前の想像では、俺は何者なんだ？」

「……え、人魚……かな。海の近くじゃないと生きられなくて、海から離れるなら雨が降ってないとダメで、竜嵜や沢木の口ぶりからして並みの人魚じゃなく、かなり偉い人魚。たとえば、王とか王子みたいな……人魚姫ならぬ人魚王子とか、人魚王とか……そんなイメージ」

絵本やら映画やら、様々なものが合わさって漠然としながらも、鮮やかな青いベタのようにひらひら舞う尾が頭に浮かんだ。

アタリかハズレかわからないが、自分が思うより儚いものではないことを願っている。

ちゃんと長く生きられる強い生きものであってほしいと、願っている。

「人魚王か……」

蛟は裸のままベッドに戻ってきた。

まんざらでもないような顔で笑う。

「当てちゃ……まずいんだっけ？」

「──当たらずとも遠からずといったところだ。空想上の人魚ほど綺麗じゃないが、海でしか生きられないのは当たってる。海から遠く離れるなら、雨か……濃い霧が必要だ」

「蛟……」

正体を少しだけ明らかにしてくれた蛟を、毛布の中に招き入れる。

ひんやりした肌に触れると、反射的に温めたくなった。

冷えた体の持ち主を可哀想に思ったり、つい温めたくなったりするのは人間的な感覚で……

自分はこれから、そういう当たり前を変えていかなくてはならない。蛟にとっての当たり前がなんであるかを知り、自分とのズレを認識し、その都度調整していく。

同じ高校に通う男女ですらかみ合わないことが必ずあるのに……それですら苦労するのに、もっと多くの、もっと大きなズレと向き合うことになる。

「お前のこと、教えてくれ……少しずつでもいいから」

自分もいつか沢木のように、彼らに信用されるときが来るだろうか。

なにもかも知らされる日を、迎えることができるだろうか。

「いつか、俺の背に乗せてやる」

「……背？　乗れるんだ？」

「サーフボードより、だいぶデカい」

「9フィート以上ってことか」

「そんなレベルじゃない」

「じゃあ……シャチくらい？」

蛟はベッドの上で首をかしげ、さぁどうだろうなというように笑う。

「お前の大学、静岡だったな」

「お、おう」

詳しく教えてくれない蛟の微笑は、どこかいたずらっぽくて、透き通る水のように綺麗だった。

隣にいるだけでふたたび発熱しそうになる。
見とれてぼうっとしていると、頬にキスをされた。
気が早いけれど、春を感じる。
海の近くに行ける春になったら、蛟とたくさん一緒にすごせる。
雨じゃなくても、霧じゃなくても——。

あとがき

こんにちは、犬飼(いぬかい)ののです。

本書を御手に取っていただき、ありがとうございました。

暴君竜シリーズの番外編集1冊目です。様々なフェア用のものや雑誌掲載分、電子特典など、たくさんの番外編をまとめていただくことができました。

可畏が潤と生きていくことを、まだ覚悟していないころのSSもあって、なつかしいような新鮮なような、こそばゆい気持ちになりました。

何年もかけて書いているうちに現実の世界が移り変わり、設定に戸惑った部分もあります。

ヘルシーフードとしてかつて人気だったアボカドは、環境を破壊するといわれてイメージがあまりよくなくなり……潤のアボカド好き設定を、変えるか否か悩んだりもしました。

執筆当初よりも好き度を落とすことでなんとか調整しましたので、あたたかく見守っていただければと思います（実は本編ではもう長いことアボカドを出していません）。

古い原稿と向き合うのは、ちょっとした試練ではあるものの……下手だと思えるのは上達の証しと思うことにして、どの作品も前向きに修正しました。

特に『人魚王を飼いならせ』は大幅にリライトしましたので、雑誌掲載分のことは忘れて、新作のようにお楽しみいただけたら幸いです。

こんなにたくさんの番外編を書かせていただき、番外編集としてまとめていただけたのは、暴君竜シリーズを応援してくださった読者様と、いつも素晴らしいイラストを描いてくださる笠井(かさい)あゆみ先生、導いてくださった担当様や、関係者の皆様のおかげです。本当にありがとうございました。

番外編集2には子供たちも登場します。書き下ろしもありますので、そちらも是非よろしくお願い致します。

犬飼のの

初出一覧

恐竜遊戯……Char@vol.11（2014）
卵泥棒を飼いならせ……小説 Chara vol.32（2015）
暴君竜の日曜日……キャラ文庫「暴君竜を飼いならせ」電子限定特典（2014）
愛情記念日……キャラ文庫「暴君竜を飼いならせ」店舗特典ペーパー（2014）
暴君竜とアボカド王子……バースデーフェア小冊子（2014）
暴君竜の特等席……キャラ文庫「翼竜王を飼いならせ 暴君竜を飼いならせ 2」電子限定特典（2015）
翼竜王と暴君竜……AGF(Chara Collection)（2015）
翼竜王とアボカド王子……バースデーフェア小冊子（2015）
暴君竜とスーツの王妃……バースデーフェア小冊子（2016）
シンデレラの妹……プレミアム♥ペーパーセレクション（2017）
眠り竜を飼いならせ……小説 Chara vol.36（2017）
恐竜王と薔薇……キャラ文庫「水竜王を飼いならせ 暴君竜を飼いならせ 3」電子限定特典（2016）
人魚王を飼いならせ……小説 Chara vol.35（2016）

Chara

暴君竜の純情

暴君竜を飼いならせ番外編1 ……………【キャラ文庫】

この本を読んでのご意見、ご感想を編集部までお寄せください。
《あて先》〒141-8202 東京都品川区上大崎3-1-1
徳間書店 キャラ編集部気付
「暴君竜の純情 暴君竜を飼いならせ番外編1」係

2022年4月30日 初刷

著者 犬飼のの
発行者 松下俊也
発行所 株式会社徳間書店
〒141-8202 東京都品川区上大崎3-1-1
電話 049-293-5521(販売部)
03-5403-4348(編集部)
振替 00140-0-44392

印刷・製本 株式会社広済堂ネクスト
カバー・口絵
デザイン おおの蛍(ムシカゴグラフィクス)

ISBN978-4-19-901062-0

犬飼ののの本

好評発売中

「翼竜王を飼いならせ」

暴君竜を飼いならせ2

イラスト✦笠井あゆみ

天空を優美に舞う、純白の翼のプテラノドン――。竜人専用の全寮制学院に、異色の転入生が現れた!! 生徒会長で肉食恐竜T・レックスの遺伝子を継ぐ竜嵜可畏(りゅうざきかい)の父が育てた、アメリカ出身のリアム――。T・レックスに並ぶ巨体に飛行能力を備えたキメラ恐竜だ。思わぬライバルに可畏は初対面から苛立ちを隠さない。しかも輝く金髪に王子然とした姿で「可畏と別れてください」と潤(じゅん)を脅してきて!?

犬飼ののの本

好評発売中

「水竜王を飼いならせ」

暴君竜を飼いならせ3

イラスト✦笠井あゆみ

暴君竜の可畏が嫉妬で暴走!! 潤の親友を手にかけて姿を消した——!? 呆然とする潤の前に現れたのは、兄弟校、彗星学園の生徒会長・蛟!! 地上最大の両棲恐竜スピノサウルス一族の長だ。水竜人の弟妹を可愛がる蛟は、優しく世話焼きで可畏より遥かに人間くさい。しかも暴君竜を少しも恐れず潤を口説いてきて!? 凶暴な本能に支配された可畏を信じ続けられるのか——二人の愛と絆が試される!?

犬飼ののの本

好評発売中

「卵生竜を飼いならせ」

暴君竜を飼いならせ5

イラスト✦笠井あゆみ

竜人界を統べる王となり、潤を絶対不可侵の王妃にする――。双竜王を倒し、改めて潤を守り切ると誓った可畏。ところが潤は双竜王に拉致されて以来、断続的な胃痛と可畏の精液を飲みたいという謎の衝動に駆られていた。翼竜人リアムの血を体内に注射されたことで、潤の体が恐竜化し始めている…!? 心配する可畏だが、なんと潤の体に二つの卵――可畏との新しい命が宿っていると判明して!?

犬飼ののの本

好評発売中

「皇帝竜を飼いならせI」

暴君竜を飼いならせ7

イラスト◆笠井あゆみ

全世界の竜人を束ねる組織のトップは、毒を操る皇帝竜!!　しかも千年の昔から生き続け、誰もその姿を見た者はいない謎の巨大恐竜らしい!?　潤と双子の出頭要請を断ったことで、組織に拉致されるのを警戒していた可畏。心配と焦燥を募らせる中、潤が憧れるロシア人カリスマモデル・リュシアンとの競演が決定!!　厳戒態勢を敷く可畏の危惧をよそに、新ブランドの撮影が行われることになり!?

犬飼ののの本

好評発売中

「少年竜を飼いならせ」

暴君竜を飼いならせ9

イラスト✦笠井あゆみ

少年竜を飼いならせ
NONO INUKAI PRESENTS
犬飼のの
イラスト◆笠井あゆみ
潤、君はやがて、私を愛するだろう――
私は君との未来を諦めていないよ。
キャラ文庫

竜人界の何人からも襲われず、身の安全を保証する絶対不可侵権――誰もが欲する権利を潤に献呈したのは、巨大毒竜の影を背負い、自ら学園に現れたツァーリ。血相を変える可畏をよそに、逡巡しつつも潤は、家族の安全のために受け取ってしまう。ところがそれは、潤の存在を知らない全世界の竜人に、潤が超重要人物だと知らしめることで…!? 取り戻した日常に忍び寄る、ツァーリの巧妙な罠!!